dedicato a Laura

e a chi le ha

voluto bene

a pagina 158
i ringraziamenti agli amici
che mi hanno aiutato

Via Aurelio Saffi, 7 20123 Milano
3351423399, 0248022574, 0248022586
https://www.edizioni-crcompagnieriunite.it

LORENZO IL MAGNIFICO, LETTERATO E MECENATE DELLA DINASTIA DEI MEDICI

Ecco i mecenati che hanno prenotato copie di 'IL MAGICO NATALE DEL GIUDICE' E ALTRE STORIE, per farne omaggio ad amici e conoscenti. In ordine di adesione.

- RECI di Massimo Fazio - tel 0289200938
  utensili abrasivi, prodotti industriali, articoli tecnici – www.reci.it
  TRENT'ANNI DALL'INIZIO DELL'ATTIVITÀ
- BLASETTI SPA - prodotti cartotecnici per la scuola e per l'ufficio
  www.blasetti.com - tel 06910981 - ROMA
- OGLIARI s.r.l. Trescore C. CR tel 0373 273398
  IMBALLAGGI PLASTICI FLESSIBILI
  www.ogliariimballaggi.eu
- WORLD CART srl - Cremona 0372 5434 www.worldcart.it
  produzione e vendita prodotti tissue decorati
  'la carta che ti regala un sorriso'
- M.G. LINE s.n.c. Morazzone VA tel 0332 464423
  www.mglinefustelle.it
  fustelle e packaging digitale
- PIETRO LENTINI tel 3356973598 MAPPANO TO
  www.sellmac.it - MACCHINE E ATTREZZATURE PROVENIENTI DA CONTRATTI LEASING RISOLTI

Enrico Borgatti

'IL MAGICO NATALE DEL GIUDICE' E ALTRE STORIE

ASSURDE, IRREALI, SURREALI E SEMPRE IMPOSSIBILI, PER SORRIDERE, COMMUOVERSI E PENSARE

EDIZIONI CR COMPAGNIE RIUNITE SRL - MILANO

INDICE

PREFAZIONE

Quattordici racconti che, nella ovvia diversità delle trame, trovano un comune filo rosso nella straordinaria forza creativa dell'autore, abile inventore di storie brevi, intense e folli. Una scrittura quella di Borgatti semplice e chiara che utilizza la grammatica dei sentimenti e delle emozioni parlando di volta in volta al cuore, al cervello e alla pancia del lettore. Se c'è un pregio in assoluto nei racconti di Borgatti è certamente quello di saper mescolare il reale con il surreale, la finzione con la verità, il possibile con l'impossibile, l'incredibile con il probabile e per questo anche ciò che è assolutamente fantasioso è in grado di appassionare come, quanto e persino di più di ciò che trova spunto in fatti reali. Quando si arriva alla fine di ogni racconto il lettore di sicuro avrà sorriso, pensato, sospirato ... certamente avrà gustato ogni frase, ogni parola e mai sarà rimasto indifferente.

Lo stile narrativo colto ed elegante, e scevro di fronzoli letterari, cattura l'attenzione del lettore che percepisce l'autore proprio attraverso i personaggi che popolano i suoi racconti. È un po' folle, a volte triste, ironico e persino comico, ma sempre profondamente onesto e sincero anche quando storie e personaggi attraversano l'irreale, l'impossibile e il poeticamente surreale.

Accomuna le storie l'incipit, che fa si che bastino le prime dieci righe perché il lettore diventi ansioso di conoscere il seguito di queste, che definirei, "storie avvincenti".

Il primo racconto, che dà il titolo al libro "Il Magico Natale del Giudice", è il classico natalizio, quello col quale Borgatti inizia ogni suo volume e che lo può far diventare un indovinato libro strenna: un originale ed economico oggetto da regalo. Il secondo, il quarto, l'ottavo e altri sono saggi di intelligente umorismo, storie difficilmente trasportabili su poche righe. Poi ci sono i racconti tristi: sempre originali e mai "piagnoni"; essi affrontano la morte e i peggiori drammi, in maniera velata, quasi in punta di piedi, come pochi scrittori sanno fare. L'ultimo è commovente "Oggi avrebbe compiuto gli Anni" è una dolce poesia, la cui protagonista è una persona non più tra noi.

Scrivevo della facilità con la quale passa dal reale al surreale: si chiama Alessandro, il protagonista, appassionato d'arte al pari della moglie, di "Un Espresso al Cafè Guerbois a Paris".

È la storia di una vita, pur funestata da un gravissimo lutto, trascorsa tra il lavoro e tanti viaggi a visitare mostre e musei europei, prima solo, poi con la moglie e poi di nuovo solo. I due restavano attoniti per ore, innanzi a certi dipinti!

Specie degli impressionisti francesi, per i quali lui nutre una venerazione, quasi un culto, al punto di sapere quasi a memoria la biografia di ciascuno, di riconoscerne il viso, l'aspetto completo, il carattere e l'uomo tutto, nella sua genialità.

Da una settimana, era tornato da un viaggio a Parigi; da solo: sua moglie se n'era andata da pochi anni. Quel giorno, Alessandro non si sen-

tiva bene, se n'era accorto, appena alzatosi, di non essere in forma. A mezzogiorno, la domestica gli ha preparato un brodo, lui neppure lo ha terminato, si è seduto innanzi al televisore e si è addormentato. Svegliatosi dopo un'ora: «Due passi: forse mi fanno bene.» sentenzia tra sé, ma anche fuori ... «Chissà che un cafè mi rimetta in forma.», entra in un bar e quello, man mano, si trasforma in un locale parigino con i camerieri vestiti come ai tempi della Belle Époque, l'arredamento liberty, e tutto come allora.

Ai tavoli siedono van Gogh, Matisse, Degas, Manet, Renoir con la sua modella, Gauguin, Cézanne, Monet, Matisse, Sisley, e Toulouse Lautrec assieme a tre signore scollacciate.

Velato di poesia, è un incontro impossibile, senza tempo, che vede questi geni immortali trattare il nostro protagonista come un amico, come uno di loro.

Il Conte di Tolosa gli fa segno di accomodarsi al suo tavolo al quale siede con due Signore scolacciate, ma lui: «Merci.» fa, declinando l'invito. E se ne va con coloro che, tornati sulla terra, gli avevano portato quel dono: un pacchetto avvolto in carta dorata e legato con un nastro di raso rosso di cui, il capo più lungo è fermato con una etichetta in rilievo con la scritta "Paris", che sormonta la torre Eiffel. Un pacchetto che si è svolto da solo, mentre pure il nastro si snodava da sé. Tutto, durante quell'incontro impossibile, che, da sempre, Alessandro aveva sognato.

Se ne sono andati tutti e tre, tra l'azzurro del cielo, tenendosi per mano: lui, la moglie e il figlioletto che, giovanissimo, il destino si era portato via. Se ne sono andati, per scomparire, per sempre, dalla vista del mondo.

Mi ha invece fatto sorridere "L'Amico del Fantasma dell'Opera", un saggio di intelligente umorismo, perché Borgatti non è tipo da satira, mai entra nella politica, salvo sorridere della stessa, e senza porsi mai da una parte o dall'altra. Lui ama l'umorismo puro che non dice, «Guarda quelli quanto sono buffi!», ma «Guarda noi quanto siamo buffi!».

È la storia di un tale affascinato dai misteri dell'occulto: e in particolare dai fantasmi. E, uno di loro, partito dalla Scozia, un giorno lo viene a trovare. Suona al citofono, si annuncia e lui, ben lieto, lo fa salire. E iniziano le gag, le trovate, le situazioni paradossali, a cominciare dall'incontro tra i due, di cui uno, avendo lasciato il lenzuolo in lavanderia, è completamente invisibile. Stanno assieme due giorni, si raccontano tante cose, entrando nel tecnico della fantasmologia, termine inesistente nel dizionario, ma passiamo al finale, che riporto come lo ha scritto Borgatti: «Mi tolga una curiosità: perché, con tutte le persone che ci sono nel mondo, lei è partito dalla Scozia ed è venuto a trovare proprio me?»,

«Che vuole che le dica,» mi ha risposto «lei è l'unico, sulla terra, che crede ancora ai fantasmi!».

Eleonora Lo Curto

IL MAGICO NATALE DEL GIUDICE

Abita al numero ventidue, quinto piano.
Capitava tante volte a qualcuno del palazzo di incrociarlo o di trovarsi solo con lui in ascensore, non una parola: ai "*Buon Giorno*", "*Buon Pomeriggio*", "*Buona Sera*" e "*Arrivederla*", rispondeva con una specie di grugnito, che si udiva sì e no.
Faceva così con tutti.
Appena arrivato, per ognuno del palazzo è stato naturale rivolgergli la parola, ma lui rispondeva a monosillabi, o faceva finta di non sentire: con quel suo viso perennemente inquieto e pensieroso.
Qualcuno si è presentato: «Piacere.» e ha detto il proprio nome, ma non ha capito il suo.
Neppure fuori dal palazzo aveva amici o conoscenti, mai s'è visto parlare con qualcuno, viveva solo: in un appartamento ammobiliato molto grande, in affitto, un posto di lusso come lo era tutto il fabbricato.
Sta lì da due anni: in casa fa tutto, dalle pulizie al mangiare; va a fare la spesa e la sera mette fuori l'immondizia, come chiunque viva da solo e non abbia la domestica; «Non voglio estranei in casa.» sentenziava tra sé.
Dal suo arrivo, non è cambiato, l'espressione non si è mai addolcita, è rimasta mogia e irritata. La sua, più che tristezza, era astio nei confronti di chi gli aveva impresso il marchio dell'ignominia.
Moglie e figli non hanno più voluto saperne di lui, del famoso Giudice, figlio di un alto magistrato. Di quel Giudice retto, severo, tanto stimato e rispettato, e poi scoperto e assegnato ad incarichi di minor prestigio. Inaccettabili per lui; ha fatto di tutto per dimostrare la propria estraneità, ma il CSM è rimasto fermo nella sua decisione. Gli avevano montato una congiura contro e lui ne immaginava le ragioni; era certo del nome del potente che gliela

aveva fatta pagare per non essersi prestato a certe trame, però il castello di falsità, creato contro di lui, era molto solido.
Impotente innanzi a sì abile complotto, ha dato le dimissioni.
Tutte menzogne, ma i mulini a vento contro i quali si è trovato a combattere avevano fondamenta profonde. Constatato che persino i famigliari, i parenti e gli amici più stretti non hanno voluto ascoltare le sue ragioni, se n'è andato a oltre mille chilometri di distanza.
Se n'è andato con la sua pensione anticipata, più che sufficiente per lui che, di ottima famiglia, già aveva del suo. E ha chiuso i ponti con tutto e tutti.
Ora è lì, al numero ventidue al quinto piano: solo, deluso dalla vita, dalla famiglia e dal lavoro; e col ricordo dell'ingiustizia subita che gli martella nella mente. Non ne parla con nessuno, non vuole; ed è proprio quel "*non voler toccar l'argomento*" che lo rende scostante: il timore di dire quella che è stata la sua professione, di svelare il perché ora sia lì, il terrore che certe domande gli facciano rievocare momenti spaventosi, il pensiero di spiegare e la paura che non lo credano.
Tutto ciò non gli dà tregua: non s'interessa a nulla, niente lo appassiona, vive nella totale apatia, in un ozio terrificante, salvo quando sta in cucina, o lava i piatti, o pulisce la casa, o si occupa delle abluzioni personali, o va fare la spesa. Ogni giorno fa il suo giro a piedi, ma quando si ha la mente libera, il pensiero corre ancora di più all'ingiustizia subita: e allora torna a casa e anche lì … neppure la televisione riesce a distoglierlo da quel pensiero fisso.
Spesso si ferma a prendere un caffè, ma cambia locale ogni giorno, si sa che vedendolo due o tre volte … «Ben tornato!», «È piaciuto anche a lei?», «Il nostro caffè è speciale!», «Attraversano tutta la città per venirlo a prendere da noi!». Accade, e lui deve rispondere, e quello gli chiede di dov'è, perché la pronuncia non gli pare di qua, e lui glielo deve dire, e quello gli svela di esserci stato una volta perché là ha un cugino, ma tutto questo il Giudice non lo vuole.
Non ha mai dato confidenza: la professione glielo impediva, ed è normale; ma ora che potrebbe, preferisce non parlare con nessuno,

meglio restarsene solo a rodersi per il torto subito, è così da quando è arrivato, dal primo giorno di permanenza nella nuova città.
È sceso dal taxi alle cinque del pomeriggio dopo un'ora e mezza di aereo; aveva con sé una valigetta giusto per il pigiama, le medicine per la pressione e quanto serve per lavarsi e radersi, l'indomani, il corriere gliene ha portate cinque, tutte molto grosse. Una conteneva tutti gli incartamenti che lo scagionavano, ma che mai gli avevano permesso di esibire, le altre quattro: la biancheria e gli abiti, lo sapeva che non sarebbe mai più tornato a casa e li aveva portati tutti con sé.
Però usava sempre gli stessi: uno blu e l'altro grigio scuro, anche i due cappotti erano scuri e così il cappello. D'estate li avrà cambiati, ma i colori erano i medesimi.
La maggior parte del tempo la trascorreva in casa, al livore si era unita la noia, la tristezza della solitudine, la convinzione che nulla cambierà e che ogni giorno sarebbe stato peggiore del precedente, «E allora,» diceva tra sé, «perché continuare a vivere, che senso ha, per fare cosa!» e con voce fattasi pacata «Ma non sarebbe meglio morire?» Questi pensieri lo accompagnavano di notte, impedendogli di dormire e di giorno, mentre se ne stava seduto in poltrona innanzi al televisore che accendeva e spegneva con indignati "*Tutte cazzate!*".
L'ha trascorsa in bianco la notte tra il ventitré e il ventiquattro dicembre, già durante le due o tre precedenti, non aveva chiuso occhio. Girandosi e rigirandosi nel letto: «Arrivano le feste» pensava «che tanta tristezza danno a chi di tristezza ne ha da vendere». Si è alzato stanchissimo, si è lavato e si è vestito sbadigliando. È sceso a prendere il cassonetto, salito si è fatto un caffè, ha provato a leggere un libro e ha smesso. Ne ha iniziato un altro, pure, «Dovrò far colazione» si è detto e si è preparato un tè con fette biscottate, burro e marmellata. È rimasto tutto sul tavolo: stanco, annoiato e del solito pessimo umore, si è disteso in poltrona, ha acceso il televisore e poi l'ha spento con l'imprecazione di prima.
E ha ripreso a pensare, e a ripetersi che sarebbe meglio morire, «Ma sì, facciamola finita.» fa con voce rabbiosa. Si alza, apre,

passa sul balcone e guarda giù per buttarsi. sta per farlo, quando «Buon Natale!» gli fa sorridendo un uomo ... una donna ... non capisce. Si trova sul marciapiede al di là della strada. Confuso e meravigliato di udirne la voce pur da così in alto, il Giudice contraccambia col solito grugnito e lascia il ballatoio dimentico del gesto insano passatogli per la mente. Si chiude alle spalle la porta a vetri e va in cucina: un caffè caldo per svegliarsi e scende a fare due passi. Lascia il palazzo, neppure cento metri e rivede il tipo o la tipa, neppure da vicino capisce, e di nuovo:
«Buon Natale!» gli fa con un sorriso smagliante, lui solito grugnito,
«E tu, non me lo auguri il Buon Natale?»
«Buon Natale.»,
«Ma no! Con un po' di trasporto, per D...» si blocca, guarda in cielo e: «Scusate Signore, m'è sfuggita, ma non si può!», quindi, rivolgendosi al Giudice «Non stai mica pronunciando una sentenza, ripetilo con me»; e tutti e due «Buon Natale!», «Ora dillo da solo e mi raccomando l'esclamativo. E un po' d'enfasi!»,
«Buon Natale!»,
«Sì, però con un sorriso: sembri l'impiegato delle pompe funebri che dà i costi per le esequie!»,
«Buon Natale!» fa il Giudice con un sorriso, come forse non gli era mai riuscito, almeno da quando abitava lì; e lo ripete «Buon Natale!»
«Bravo, dillo ancora, e sempre con un sorriso festoso, magari un piccolo cenno del viso, vedi tu.»
«Buon Nataale!»,
«Bello così prolungato, con quella doppia *a*! Bravo! Ora dillo ancora.»
«E a chi?»
«A chi ... alla gente che passa, agli uomini, alle donne, ai bambini, augura a tutti il Buon Natale. È, sì o no, la vigilia della nascita di Gesù?».
Il Giudice ha un momento di perplessità, si guarda attorno come in estasi, vorrebbe, ma non si decide, forse è timidezza, poi scorge una signora anziana che procede in senso opposto sul medesimo

marciapiede, un inchino, un sorriso e: «Buon Nataale!», «Buon Natale a lei!» gli fa la donna non con minore enfasi. Lui pare risvegliato da un oblio, il viso si è fatto gioioso, la voce squillante e chiunque veda, «Buon Nataale!», si capisce che gli piace, che nell'augurarlo prova gioia, soddisfazione, diletto. Era diventato quasi un gioco per lui e rivolto al tipo o alla tipa, non so, «Andiamo là che c'è tanta gente», fa, pieno di entusiasmo, e a ciascuno: «Buon Nataale!», «Buon Nataale!», «Buon Nataale!» e tutti contraccambiavano lieti, compiaciuti di questo gioioso augurio.
Qualcuno lo aveva riconosciuto, si ricordava di lui e del suo viso sempre accigliato e non celava lo stupore e il piacere di vederlo tanto diverso.
Il Giudice, rivolto al tipo o alla tipa, non so:
«Ma tu chi sei?»,
«Un amico, un'amica, come preferisci.»,
«Un amico, un'amica!» fa il giudice scuotendo la testa «Non capisco, e poi: magari avessi degli amici, qui non mi guarda nessuno!»,
«O sei tu a non guardare loro?»,
«Può darsi,» fa «certo che la mia non è vita!»,
«Non era vita, se confrontiamo il viso di oggi e quello di ieri, è completamente …»,
«E che ne sai di ieri,» lo interrompe il Giudice e poi: «ti prego, dimmi chi sei veramente?»,
«Sono il tuo Angelo Custode.» gli risponde con naturalezza, «Scusa per quello che hai sofferto, sarei dovuto intervenire prima, ma lassù,» indicando il cielo «me la stanno facendo grossa, ho dovuto metterci in mezzo i sindacati, pensa, loro dicono che è per meriti, ma, con la scusa che sono bravo, che me la so cavare sempre e altre storie, mi vogliono passare nel settore dei politici! Io, che non li posso vedere, dovrei diventare l'Angelo Custode di un onorevole, magari del Capo del Governo! Pensa tu! Ovviamente non ora: quando tu morirai … e non toccarti,» gli fa con voce seccata «che 'stamattina se non c'ero io!».
Il Giudice fa segno con la testa, come dire "*È proprio vero!*", poi riprende a sorridere e ad augurare Buon Natale a tutti quelli che

incontra, venti minuti di "*Buon Nataale*".
È l'una passata, la gente sta rientrando per pranzare,
«Prendiamo l'aperitivo,» fa l'Angelo Custode, «qui li fanno ottimi!»,
«Bell'idea!» fa il Giudice «Ovviamente offro io, mi hai salvato la vita!».
Bevendo due frizzantini, pizzicando patatine fritte e mandorle appena tostate, conversano amabilmente, il più curioso è il Giudice che, forse per deformazione professionale, continua a fare domande:
«Si è sempre parlato di angeli con le ali, io non le vedo!»,
«Le abbiamo, stai tranquillo, una volta erano ben in vista e, diciamolo, sedendosi ingombravano un po', ora rientrano, hai presente i vetri dei finestrini delle auto? Le comandiamo tramite un'App installata sul telefonino.». Ciò dicendo lo estrae e gliela mostra: niente di particolare, vi figurano un paio d'ali bianche filettate in grigio che sfuma nell'azzurro. Il Giudice continua curioso, ma forse è soltanto voglia di scambiare due parole: erano due anni che non discorreva con nessuno,
«Me lo sono sempre chiesto chi è che decide gli incarichi: San Pietro o lui … Sua Santità?»,
«Ma quale Sua Santità, Sua Santità è il Papa, che viene dopo, è il Signore, che comanda, speriamo che non abbia sentito … non vorrei che si fosse offeso. Mi chiedevi degli incarichi: in teoria è Dio a impartirli, però firma soltanto, fa tutto San Pietro. È come per i Ministri, ma chi fa è il Capo di Gabinetto. Delle relazioni e motivazioni si occupa Sant'Agostino, lui ha *la penna facile*! La penna per modo di dire, ha un computer con uno schermo gigante.»,
«Cose da Paradiso!» fa il Giudice,
«Non esageriamo: un Mackintosh preso in offerta con Amazon.».
Il Giudice non finirebbe più di domandare:
«Voi Angeli siete maschi o femmine?»,
e l'altro «Quello non s'è mai saputo, il sesso degli angeli è sempre stato un mistero!».
Ordinano altri due calici e continuano a parlare,
«Domani è Natale,» fa l'Angelo Custode «per questa sera hai pro-

grammato qualcosa, il cenone lo fai?»,
«Il cenone ...» fa il Giudice scuotendo la testa mestamente «e con chi, in tutta la città non conosco nessuno, non ho un amico!»,
«Questo è male, ma ci penso io, organizziamo a casa tua che è tanto grande, ti va?»,
«Mi va benissimo, ma le persone?»,
«Lascia fare a me.»,
«Va bene» fa il Giudice, e sorridendo «Se non mi fido del mio Angelo Custode!»,
«Non verranno personaggi importanti, quelli sono tutti già impegnati, saranno in gran parte gente umile, povera gente.»,
«Sono quelli che preferisco,» fa il Giudice e, mestamente, «degli altri ne ho avuto abbastanza!»,
«Ora ci facciamo portare due tartine, ma basta col vino, che quando sono in servizio non dovrei neppure bere.» e, guardando in cielo, «Perdonatemi o Signore!» poi, rivolto al Giudice, che farà segno di sì con la testa: «due bicchieri d'acqua vanno bene?».
Terminato questo pseudo pranzo, l'Angelo Custode estrae il telefonino e chiama vari colleghi, neppure dieci minuti e sono arrivati quindici Angeli, il Giudice li ha accolti sorridendo con tanti gioiosi "*Buon Nataale*", e tutti, chi è venuto a piedi, chi in volo facendo poi rientrare le ali, si sono seduti attorno al tavolo, misteriosamente ingranditosi. L'organizzatore ha preso la parola:
«Questa sera: cenone di Natale a casa del mio amico,» fa indicando il giudice, e, terminato il coro di "*Ottimo*!", "*Molto bene!*", "*Io ci vengo*", "*Che bello!*", continua: «ciascuno porterà chi ha in custodia, che, se lo desidera, verrà col marito o con la moglie e con i figli; e relativi angeli, di spazio ce n'è fin che vogliamo! Ciascuno di voi si occuperà di avvisarli raccomandandosi di essere puntuali, facciamo per le ventuno e trenta. Noi ci vediamo fra un'ora direttamente là per preparare, in via Dei Sogni al ventidue, al quinto piano.» e, rivolto al Giudice, «Arriva anche tu alle nove e mezza, prima saresti solo d'intralcio.», «Beh, fra poco dovrò venire per aprire.» fa con aria naturale, mentre quelli si guardano e ridono tra loro.
Ha capito che potevano entrare anche senza di lui e allora, sorri-

dente, se n'è andato per la città ad augurare, a chiunque incrociasse, il Buon Natale. Tanti "*Buon Nataale*" che rendevano felici lui e chi li riceveva.

Alle ventuno e trenta c'erano tutti, è stata una serata indimenticabile, gli Angeli avevano preparato cose sopraffine; tra loro e gli invitati, saranno stati in cinquanta e più, il salone sembrava essersi allargato, ma anche il tavolo era più grande. Tutti vestivano alla buona, anche il Giudice si era tolto giacca e cravatta. C'erano i doni per i bambini: su ciascuno, il Suo Angelo Custode aveva scritto il nome. A tavola hanno riso, cantato, mangiato e bevuto augurandosi a ogni bicchiere il Buon Natale.

Poi: «Con tutto questo bere,» pensa il Giudice «se non corro a fare la pipì ...».

È stato, alzandosi, che si è accorto di non essere seduto a tavola, ma disteso sulla poltrona davanti al televisore, quello che trasmetteva *tutte cazzate* e di essere solo.

Nessun motto di sorpresa, né di stizza:

«Allora è stato tutto un sogno!» fa, con tono naturale, abbozzando un sorriso; e continua con accento estasiato alzando gli occhi al cielo: «Un bellissimo sogno dal quale ho imparato a dimenticare il passato e coloro che mi hanno fatto del male, a sperare nel futuro e a vedere, in ogni persona, un amico.».

Erano già le nove, si è lavato, ha fatto colazione e ha indossato uno spezzato grigio e blu, un cappotto beige e niente cappello «Non mi pare che ci sia freddo.» ha pensato.

Uscito dall'appartamento, vede il dirimpettaio e con un sorriso: «Buon Nataale!» gli fa. Entra nell'ascensore, ci sono quattro persone, «Buon Nataale!», «Buon Nataale!», «Buon Nataale!», «Buon Nataale!», ha ripetuto a ciascuno; e quelli gli hanno risposto felici di trovarlo così diverso. Lascia il palazzo, gira a destra e prosegue in via Della Resistenza, quella che nel sogno aveva un nome ben più poetico. A chiunque incontri, lui augura il Buon Natale e tutti contraccambiano con un sorriso. Entra in un bar, «Toh» fa tra sé «è quello, dove ho preso l'aperitivo col mio Angelo Custode!». C'è il medesimo cameriere, al quale augura sorridendo il Buon Natale, e fa lo stesso con tutti i presenti, e sempre con quelle

due *a* vicine che danno una sensazione di enfasi e cordialità.
Poi torna a casa e sull'ascensore trova l'inquilino del quarto piano, quello proprio sotto di lui, è con la moglie e i tre figli:
«Buon Nataale!» esclama e, rivolto ai bambini: «Auguri anche a voi e ditemi cosa v'ha portato Babbo Natale» ciascuno dice dei regali ricevuti, glieli illustra e il Giudice ascolta attento. Poi, rivolto ai genitori:
«E ieri sera che avete fatto di bello?»,
«Niente, siamo rimasti in casa, noi siamo soliti fare festa il venticinque, anche i doni, i bambini li hanno visti solo questa mattina.»,
«Io invece ho fatto un cenone a casa mia.», «E mi scuso del disturbo, mi dispiace per il rumore provocato.»,
«Nessun fastidio, anzi le assicuriamo di non aver sentito niente!»,
«Eravamo in cinquanta, compreso gli angeli.», «Come ha detto!» fa il coinquilino stupito, e il Giudice, come risvegliatosi dal sogno, «Niente, niente, pensavo … non so a cosa.» e scuote il capo sorridendo.
Arrivano al quarto piano, la famiglia si attarda a uscire dall'ascensore e la moglie «Siete in tanti anche oggi?»,
«No,» fa lui scuotendo la testa, pranzerò da solo e il viso è tornato a essere lo stesso dei giorni scorsi, «Noi saremo in quindici con nonni e zii …» fa il marito; e la moglie: «Perché non si ferma a pranzo da noi?»,
«Ci farebbe tanto piacere!», aggiunge lui.
È chiaro che tutti e due lo vorrebbero, insistono infatti:
«Mi creda, ne saremmo proprio lieti.»,
«Conoscerà i nostri vecchi.»,
«Se vieni a mangiare da noi, io mi siedo vicino a te.» fa il bambino più grande e l'altro «No, mi siedo io.» mentre il più piccolo scoppia a piangere.
Tutti hanno sorriso.
È restato con loro fin quasi a sera, poi si è ritirato e ha accesso il televisore che non trasmetteva più le solite *cazzate*.
Nel palazzo si è fatto tanti altri amici; e anche fuori, specie tra quelli ai quali aveva augurato il Buon Natale.
Un "*Buon Nataale*" con quelle due *a* che dava una sensazione di

affetto e amicizia.
Erano tante le persone che conosceva, con alcune andava al ristorante, altre lo invitavano a casa loro; talvolta, era lui a organizzare nella propria abitazione: gli è sempre piaciuto preparare da mangiare, anche prima. Ora, che spesso ha ospiti, è diventato bravissimo!
Di tutti quegli amici, mai nessuno gli ha chiesto quale fosse la sua precedente attività, né il perché si trovasse qui, nessuno gli ha fatto domande imbarazzanti, né lui ha dovuto dare spiegazioni, ma se le avesse fornite, tutti gli avrebbero creduto.

FINE

IO E IL COLLEGA ERNEST

Come me, Ernest Hemingway amava l'Africa Centrale, ci si è recato tre volte per scrivere libri.
Io ci sono andato per diporto.
Sono sbarcato in Tanzania, al Kilimanjaro International Airport e una guida ci ha condotto, su di una Jeep, in giro per quei luoghi incantevoli. Pernottavamo nelle tende o in alberghi costruiti, tipo capanne, tre giorni in un posto, due in un altro e così via. Una meraviglia: gli animali che si abbeveravano al tramonto, i colori che avvolgevano tali immagini, i leoni dal passo maestoso, quelli che sonnecchiavano all'ombra di cespugli e alberelli, i piccoli branchi di zebre e quelli immensi di gnu, i mastodontici elefanti e tante altre specie di animali. Ho pure assistito all'inseguimento di un leone e di una gazzella, ovviamente facevo il tifo per lei.
Questo splendido viaggio, lo devo ad alcuni risparmi e in gran parte all'acconto ricevuto dall'editore. Da poco è uscito un mio libro molto diverso dai soliti e sta andando bene. Si tratta di un romanzo di un genere che si avvicina al poliziesco, ma con qualcosa in più: a parte la trama, le trovate, i colpi di scena che avvincono i lettori, piacciono le descrizioni, non tanto dei luoghi, il fatto era ambientato a Milano e nell'immediata periferia, ma dei personaggi. Ciascuno aveva una propria umanità e la esprimeva come non si è mai visto in un thriller.
Un importante critico disse, del romanzo e di me, che i personaggi li facevo vivere al punto che la gente sperava o temeva di trovarseli per strada, di fronte, di riconoscerli; e di stringere la mano di quelli buoni e fuggire da quelli cattivi.
La protagonista: bellissima, di origine siciliana, dai lunghi capelli neri, gli occhi verdi, un corpo statuario, una carnagione olivastra e un viso dolce, si chiama Agata Caruso, il nonno è salito nel nord

dalla provincia di Ragusa, ha sposato una di Cefalù conosciuta durante il viaggio in treno, hanno avuto due figli maschi e uno, che ha sposato una milanese, è il padre di Agata.
Il sogno della giovane era laurearsi in lettere per poi insegnare e mettere su famiglia, ma il padre, appuntato di polizia, ha tanto detto e tanto fatto che, una volta laureata, l'ha convinta a entrare nelle forze dell'ordine. Ha partecipato ad alcuni concorsi e ora è Vice Ispettore della Polizia di Stato in un Commissariato della zona sud di Milano: già con quattro anni di servizio. Ne ha trenta, una discreta carriera, direi, alla quale hanno di certo contribuito l'aspetto e i suoi modi. Fascino, educazione, dolcezza e gentilezza caratterizzano Agata Caruso che nello stesso tempo è una dura nei confronti di chi delinque.
È disponibile in ogni momento, col telefono sempre in mano, impartisce ordini, risponde e decide in pochi istanti: qualsiasi problema sorga. Nei conflitti a fuoco se la cava bene e se c'è da inseguire e anche da pestare, non è mai stata da meno degli uomini.
Il più lo fa però dalla sua scrivania: pensa, studia e la sua squadra agisce, la chiamano *Madame Nero Wolfe*, il detective che risolveva i casi dalla propria serra di orchidee.
La sua, è una professione impegnativa, senza orari, pericolosa e lei non si decideva a sposarsi, neppure ora che, risolto il non facile caso affidatole, aveva ricevuto un consistente premio in denaro e l'Encomio Solenne.
L'avevano incaricata di catturare un killer internazionale che si sapeva essere in zona, assoldato per assassinare un ambasciatore di uno stato africano che sarebbe dovuto arrivare fra un mese.
Il Ministero degli Interni era stato informato dai Servizi Segreti sul giorno, luogo e occasione in cui sarebbe avvenuto l'attentato, ma gli ordini delle alte autorità italiane erano di impedirlo, catturando in anticipo il terribile killer del quale invece l'intelligence non aveva raccolto che poche notizie.
E in questo, Agata Caruso era riuscita: con un insieme d'ingegnosi stratagemmi e trovate geniali che hanno costituito il fulcro del romanzo. Grazie a mosse astute, intelligenti pensate ed estrosi espe-

dienti, l'ha localizzato e poi alla sua squadra non è stato difficile catturarlo, glielo hanno portato nel suo studio ammanettato.
Da lì, il killer è stato trasportato nella cella di sicurezza della Casa Circondariale di Opera, a disposizione dell'Autorità Giudiziaria.
E sono iniziate le richieste di estradizione dai tribunali di quel paese africano e di tanti altri: nei confronti di costui, pendevano ordini di cattura internazionali.
Anche di questo killer nato a New York, ma che aveva girato il mondo, avevo fatto un'accattivante descrizione che lo mostrava, pur nella sua scelleratezza, bello, dal viso perfetto, dagli occhi azzurri, muscoloso, affascinante, intelligente, simpatico e dal corpo atletico: il classico conquistatore di donne modello *zerozerosette*.
Tali doti gli avevano permesso l'ingresso nel mondo del cinema; ma non avendo talento come attore, passò a fare la controfigura, il cascatore, quello che durante le riprese cinematografiche si sostituisce agli attori, se devono fare salti spericolati o cadere da cavallo, o cazzottate, o compiere azioni pericolose d'ogni tipo.
Poi, forza, agilità, certe frequentazioni e la mira di facili guadagni lo avevano fatto diventare un sicario e, in breve tempo, un temibile killer internazionale che nessuna polizia del mondo era mai riuscita a catturare.
C'è riuscita una giovane Vice Ispettrice Milanese, di sangue per metà siciliano.
Abita da sola, una relazione durata circa diciotto mesi e due o tre avventure, una vita amorosa non certo intensa, ma il lavoro non le permetteva troppi svaghi, «Questo maledetto mestiere non mi consentirà mai un'esistenza normale.» diceva, pur svolgendolo in maniera ineccepibile, «Avere un uomo, o peggio una famiglia e sapere che da un momento all'altro potrebbero chiamarti in servizio … perché il dovere sta davanti a tutto.» teneva a puntualizzare e sentenziava: «Me lo sento, continuerò questa vita fatta di casa e lavoro, fino a diventare un'acida zitella.». Erano le frasi abituali quando, portando avanti gli incarichi ricevuti, parlava da sola o con qualche collega.
L'insieme l'aveva resa simpatica allo staff editoriale, alla critica e ai lettori; l'ho scritto: col primo acconto sui diritti d'autore, sono

partito per un viaggio in Africa!
Ora i tempi sono cambiati, Hemingway non lo avrebbe potuto fare di certo, ma io, da quei luoghi lontani sperduti nella savana, armato di iPhone, telefonavo ogni due o tre giorni all'editore e parlavo col Direttore Editoriale: le vendite continuavano ad andare bene.
Stavo in viaggio da un mese, e da due giorni mi trovavo in un albergo sperduto nella savana, immerso tra piante grasse di tutte le specie e dominato da palme altissime: la riproduzione di un piccolo villaggio del primo Novecento.
Una splendida piscina e dodici capanne tutte diverse che, disposte qua e là, danno l'idea del luogo, dove sarà vissuto per vari mesi il collega, Ernest Hemingway. Anche la reception ne rispetta lo stile, così come la grande struttura con vetrata che guarda la piscina, dove gli ospiti pranzano, cenano e fanno colazione.
Le dodici abitazioni, tutte a forma di capanna, sono accuratamente realizzate e munite all'interno di ogni confort; ciascuna, volendo farsi portare i pasti o desiderando bere con gli amici, ha attorno un proprio giardinetto con poltrone, tavolo e sedie. Infine: davanti, dietro o di fianco, preferendo il sole o l'ombra, ci sono le amache. Ciascuna ha la zanzariera che, a seconda degli orari, viene calata o meno.
Ero partito da solo, ma avevo presto fatto alcune conoscenze; quel giorno si era mangiato e bevuto più del solito, ero un po' stordito con quei tre whisky a fine pranzo e verso le sedici:
«Mi vado a riposare,» ho detto agli amici «ci vediamo a cena.».
Non entro neppure nella capanna, mi stendo in un'amaca riparata dal sole e tra me «Chiamo il mio editore, sentiamo come vanno le vendite. Sono lussi che Ernest non poteva permettersi a quei tempi, ma ora, grazie al cellulare, componi il numero e parli col Direttore Editoriale.», «Com'è che si chiama? Giuseppe, Giuseppe ... non ricordo il cognome!» mormoro sbadigliando.
Mi risponde la sua assistente, al mio stupore mi fa «Il Dottore ha lasciato a me il telefono, non vuole essere disturbato, ha un diavolo per capello, è là che si sbatte, che corre da una ditta all'altra: ci sono le richieste e non riescono a stampare il suo libro!»,
«Ma quanti ne stanno vendendo!» faccio tra me «Me lo sentivo di

aver fatto centro con quel Vice Ispettore Agata Caruso: la bellissima, metà sicula metà milanese, che cattura killer internazionali.»,
«Ma come! Se non ce la fanno in due,» sentenzio, con tono saccente, rivolto alla giovane «vadano da un terzo tipografo.»,
«L'hanno già fatto, anzi: ora sono in quattro! Io non so spiegarmi, guardi, chiami più tardi, io termino il turno fra poco, lascio il telefono sul suo tavolo, le risponderà anche fuori orario e le spiegherà, magari prima la chiama lui.».
E ci siamo salutati.
Non vi dico quello che stavo provando: in quattro stampatori e non ce la fanno a seguire la richiesta! Ero entusiasta «Qui raggiungo il milione di copie,» pensavo «diventerò il secondo Hemingway, mi prenderò una casa in Kenya e farò i safari fotografici, come lui, gli editori si contenderanno le mie opere. Vivrò un po' in Italia e un po' in Africa.». E, tra me, calcolavo quanto avrei guadagnato su questo primo milione di copie.
Ero entusiasta «E lei, quella scema non sa spiegarsi, si meraviglia del mio successo, non vuole capacitarsi che possieda cotanto talento!» pensavo, certo che si sarebbe arrivati al serial televisivo. Ricordo quando mi recai dall'editore, la prima volta «Autore anche tu,» mi ha detto «cosa scrivi?», «Ho appuntamento col Direttore Editoriale,» le ho risposto, ignorando la sua domanda «mi annunci; se non le dispiace.».
Stavo, appunto, rivivendo i tempi degli esordi, quando suona il telefono: è lui e il mio viso si fa raggiante. Gli rispondo con un "*pronto*" pieno di entusiasmo e, senza dargli il tempo di parlare, «Ho sentito» il Direttore fa per interrompermi, ma io che avevo in mente di chiedere un secondo acconto, continuo imperterrito: «che non ce la fate a star dietro alle vendite, benissimo!»,
«Però ...» fa lui,
«Però la richiesta è superiore a quanto in quattro riescono a stampare, lo dicevo che sarebbe stato proclamato *libro dell'anno*, qui raggiungiamo il milione di copie. È una storia che piace, ne ero certo.»,
«Piace davvero e non avremmo mai pensato di fare una ristampa dopo soli tre mesi; il problema è un altro: quando abbiamo deciso

di metterne in macchina altre diecimila copie e ci siamo affidati al solito fornitore, quello non ci è riuscito. Le prime due pagine sono stampate e così quattro righe della terza pagina, poi dieci vuote, poi altre due e mezzo stampate poi altre quaranta vuote. In questi fogli bianchi spicca soltanto il numero progressivo in basso a destra.»,
«Rivolgetevi a un altro tipografo,» faccio io «ce ne sono tanti che hanno bisogno di lavorare!»,
«Abbiamo provato con quattro e tutti hanno il medesimo problema, e sono sempre le medesime pagine che non ricevono il testo, si legge solo il numero progressivo, il libro è stampato per il dieci o quindici per cento. È incredibile!», «Non possiamo di certo mettere in vendita libri così!»,
«Incredibile davvero!»,
«Quando gliel'ho riferito, il Vecchio Presidente mi ha detto che non gli è mai accaduta una cosa del genere. "*Non è possibile,*" ripeteva!».
Io ero senza parole e dopo un "*Incredibile!!!*" con tre esclamativi, l'ho pregato di tenermi al corrente e l'ho salutato.
Sono perplesso, incredulo, dubbioso, confuso: non riesco a trovare una spiegazione e resto a pensare, non dormo tutta notte, l'indomani chiamo e gli chiedo il dettaglio delle pagine, con e senza stampa; lui mi passa la sua segretaria che mi garantisce che, entro mezz'ora, avrei ricevuto un WhatsApp con tutto scritto.
Ed è arrivato, controllo con la copia del libro che avevo portato con me, mi accorgo che nelle poche pagine stampate, lei non compare e neppure il killer.
Sono sempre più confuso, scendo dall'amaca, entro ed esco dalla tenda, lascio il mio giardinetto, vago per il piccolo villaggio, mi avvicino al bar presso la piscina e ordino una bevanda fresca che centellino osservando attorno.
Dal trampolino più alto vedo un giovane tuffarsi, non posso che ammirarne lo stile da professionista: quattro bracciate e attraversa l'intero specchio d'acqua, sale la scaletta e mostra un corpo statuario. Si avvicina a una ragazza in posizione prona, si scrolla l'acqua di dosso e le gocce le schizzano sulla schiena, si volta, gli

sorride, lui si china e si scambiano un lungo bacio: è bellissima pure lei. Poi si alzano e per mano si avvicinano al banco, mi pare di conoscerli, li osservo mentre, con le spalle voltate, ordinano: lei un succo di frutta e lui un doppio whisky.
Sento il loro dialogo:
«Anche rinunciare a certe bevande» fa lei «vuol dire cambiar vita e mantenere la promessa.»,
«Sarà duro abituarmi, ma per amor tuo lo farò di certo.».
Bevono in silenzio ammirando l'ambiente attorno a loro, io, con la coda dell'occhio, li guardo mentre lui l'accarezza; giurerei di conoscerli, non so, non riesco a focalizzarli. Quegli occhi verdi, quei lunghi capelli neri, quel corpo statuario, quella carnagione olivastra e quel viso dolce mi erano familiari. E anche lui: bello, dal viso perfetto, con gli occhi azzurri, muscoloso, dal corpo atletico. Pure i toni della voce non mi sono nuovi: la cadenza milanese di lei con qualche inflessione siciliana e quella parlata di lui, da americano che conosce discretamente l'italiano.
Ordino un'altra bevanda, loro terminano le proprie, lui dà il numero di stanza e poi ridendo solleva la giovane che grida divertita, pochi metri di corsa e si buttano dentro la piscina. Abbracciati, si baciano incuranti dei presenti, è una coppia felice.
Salgono la scaletta, entrambi si scrollano l'acqua di dosso e lui fa qualche flessione, «Sono loro,» esclamo tra me, «sono certo, anche se li ho sempre descritti vestiti, non mi sbaglio, sono i protagonisti del mio romanzo.», «Ma che ci fanno qui?» mi chiedo perplesso.
Li vedo stendersi al sole, mano nella mano, a una decina di metri da me, parlano e io li sento come prima quando, al banco del bar, mi erano di spalle, ma sono il solo a udirli, si capirebbe, se anche altri, attorno, sentissero.
È il Killer a iniziare: «Certo che sei stata brava.» fa «Nessuno è mai riuscito a beccarmi, parlo delle polizie di tutto il mondo!»,
«Seduta al mio tavolo ho messo in moto la mente e i miei uomini, non sto a narrare tutte le ricerche per localizzarti, le visite in borghese, i sopralluoghi fatti passare per controlli di routine e, quando ho raggiunto la certezza di averti localizzato, ho mandato la squadra che ti ha colto di sorpresa.»,

«E sei riuscita a catturarmi, sapessi le maledizioni che ti ho spedito! Ti avrei fatta a pezzi, ma quando mi hanno portato al tuo cospetto, sono ammutolito: il tuo viso, il tuo corpo, i tuoi occhi verdi "*Quella è la mia donna*" ho pensato "*e io non posso vivere senza di lei!*", mi avevi stregato!»,
«Lo stesso per me,» fa lei «mi hai affascinato, il tuo corpo da atleta, il tuo viso perfetto da dio greco, i tuoi occhi azzurri "*Quello è il mio uomo*" ho pensato "*e io non posso vivere senza di lui!*"», mi avevi stregato.»,
«E poi tra me "*Basta con i delitti su commissione.*" e lo pensavo davvero.» fa lui,
«E poi tra me "*Basta servire lo stato.*" e lo pensavo davvero.» fa lei,
«Io ero ammanettato, sei agenti mi tenevano sotto tiro, alla minima reazione mi avrebbero sparato, il mio volto era quello pieno di rabbia del catturato, ma tu mi sorridesti.»
«E quando ti ho visto» fa lei «rispondere di nascosto al mio sorriso, ho deciso.», «E sono uscita dalla storia»,
«E io ti ho seguita, lasciando, pure io, quella specie thriller.»,
«Per fuggire.»,
«Per andarcene.»,
«Assieme.»,
«E amarci per sempre.»,
«L'autore e l'editore saranno su tutte le furie!»,
«Che ci importa di loro!»,
«Noi ci amiamo.»,
«Ed è quello che conta.»,
«E questa è la nostra luna di miele.».
È stato solo un caso se ci siamo trovati nel medesimo continente e nello stesso albergo, ma, dopo aver udito quella conversazione, li avrei ammazzati. Ero su tutte le furie, quando lo squillo del telefono, finito tra la rete dell'amaca e il mio fianco destro, mi procura un sobbalzo, evidentemente mi ero addormentato e il cellulare mi era scivolato dalle mani.
Recupero l'apparecchio e con gli occhi raggianti faccio tra me: «Allora, tutto quanto ho narrato è stato un sogno, Agata e il Killer

non sono usciti dalla storia, gli stampatori non hanno problemi, tutto procede normale e io raggiungerò le vette del collega Ernest Hemingway!».
Rispondo al telefono, è il Direttore Editoriale, Giuseppe ... non riesco mai a ricordare il cognome, «Pronto» faccio «come vanno le vendite?»,
«Calma, che fretta!» mi risponde con fare gioviale «Tu come te la passi, lì tutto bene?»
«Benissimo, sono posti meravigliosi, aveva ben ragione Ernest ad amare questi luoghi, Ernest, ormai, più che un collega è un amico, per me. Sono in un albergo stupendo! Oggi ho fatto una mangiata da favola e poi mi sono addormentato nell'amaca. Però … ho fatto un sogno terribile, meno male che mi hai svegliato e non ci penso più, ma dimmi delle vendite, sai, mi servirebbe un altro acconto.»,
«No problem, ma lascia che ti passi il Presidente, vuole essere lui a comunicartelo.».
Il viso mi si fa raggiante, lo saluto ossequioso e intimidito e lui:
«Carissimo, lei è un talento e diventerà il secondo Hemingway, sono lieto di comunicarle che il suo libro ha raggiunto il milione di copie e alcuni editori esteri si sono fatti avanti per acquistarne i diritti per i loro paesi, le porgo i miei più sentiti rallegramenti! Ovviamente la Rai ha già proposto un contratto per farci un serial televisivo.».
E si ferma lì: apro gli occhi, scendo dall'amaca, mi stiro e decido di fare un tuffo in piscina, «Così mi sveglio del tutto, ho ancora gli occhi impastati!» esclamo seccato.
E ho proseguito, pieno di rabbia:
«Ma quanto ho dormito! Perché,» sbotto con tono ancor più adirato «non so se avete capito, ma pure questa seconda telefonata è stata un sogno.».
La piscina ... per fortuna che non mi sono buttato, «È senz'acqua da dieci giorni,» mi ha detto uno del personale «problemi alla pompa, e così, anche il bar è chiuso da allora, stiamo aspettando due pezzi di ricambio dall'Italia.», «Che non arrivano!» fa un altro.

FINE

UN ESPRESSO AL CAFÉ GUERBOIS A PARIS

È leggermente in salita: ma non è una strada, niente strisce o altra segnaletica orizzontale, niente paracarri, neanche cartelli indicatori, manca pure la carreggiata sotto! Neanche potrei definirla via o viottolo, quella che i tre percorrono tenendosi per mano. Camminano in silenzio: ce ne sarà di tempo per parlare, giocare tra loro, ridere, scherzare e dirsi tante cose! È un ampio spazio immerso nell'azzurro: di un azzurro limpido, luminoso, terso, rilassante, di cui il temporale, quasi per scusarsi, ci fa dono, ogni volta, dopo lo scompiglio che lampi, tuoni, pioggia e grandine hanno creato. Alcune nuvole appaiono e scompaiono timidamente, altre sembrano rincorrersi.

Li vedo di spalle, ma li riconosco: Elisa, il piccolo Mattia e Alessandro, tre vite spezzate a una a una, il bambino al centro, a sinistra la mamma e a destra, come si diceva allora, quando tutti e tre vivevano assieme felici, il capo famiglia: Alessandro Costa.

Ora la strada si trasforma in un'immensa piazza dalla quale non si scorge altro che azzurro infinito. Tre nuvolette di un blu appena più scuro, distaccatesi dalle altre, si sono avvicinate assumendo forma di poltrone sulle quali Elisa, Mattia e Alessandro siedono e si guardano affettuosamente. Credo che ciascuno di loro sia ansioso di narrare, agli altri due, quello che non hanno fatto in tempo a vedere; o forse tutti e tre desiderano renderci partecipi del dramma che li ha colpiti, del ricordo che li ha accompagnati e delle rispettive vite, fatte di momenti ora drammatici, ora bellissimi, ora un po' tristi, ora meravigliosi!

Lasciamo che sia ciascuno di loro a narrare: rivolto a noi, agli altri due, o al mondo!

....

È il più giovane, è Mattia che comincia.

Che posso dirvi, voi sapete tutto della mia breve vita. A me non resta che ringraziarvi per l'amore, l'affetto che mi avete dato, per i tanti giocattoli, per tutte le volte che mi avete accompagnato alle giostre, per le passeggiate, per i gelati da cinque lire, per gli anni trascorsi con voi e per essermi stati sempre tanto vicini.
Rammento le due sole volte che mi sono trovato lontano da voi. Il primo giorno di scuola, come scordarlo! Il libro di lettura s'intitolava *Primi Voli* e noi bambini per fare festa salivamo sui banchi e saltavamo giù con le braccia aperte simulando gli uccelli in volo.
E poi, quel pomeriggio di sabato: frequentavo già la terza elementare, eravamo andati tutti e tre a fare una passeggiata in campagna, di nascosto da voi, mi sono allontanato per salire sulla cima di un muretto. Orgoglioso: «Mamma, papà» ho gridato iniziandone il percorso, voi siete accorsi, ma già avevo perso l'equilibrio, ricordo solo l'urlo della mamma e da allora vi ho sempre atteso.

....

È Elisa che parla.
Una scena che non riuscimmo mai a rimuovere dalla mente. Il ricordo di Mattia, che non avremmo visto mai più, ci ha accompagnati per tutta la vita, anche se cercavamo di non parlarne, anche se ciascuno di noi teneva tutto dentro di sé per non trasmettere il dolore all'altro.
Chiusi nel nostro dramma, per tre anni non ne abbiamo voluto sapere di dare sfogo a quella che era stata la nostra grande passione.
Poi abbiamo ripreso: la vita doveva continuare, ma il suo ricordo è rimasto indelebile in noi. Quante volte, trovandomi sola, mi sono lasciata andare: singhiozzando, piangendo, urlando come se avessi dieci anni. E anche Alessandro, pur se non l'ha mai confessato.
Non ne cercammo altri, «Mattia» io sentenziavo «resterà sempre il nostro unico figlio.» e mio marito che la pensava come me «I figli non si sostituiscono.».
E ciascuno si asciugava una lacrima.
Quante volte abbiamo ripetuto quei discorsi! Anche mentre, ripreso a dar sfogo alla nostra grande passione, l'aereo, a nove o diecimila metri d'altezza, ci conduceva a Madrid, o a Berlino, o a Mosca, o a Parigi o in altre città.

Quella passione, assieme al lavoro e alle chiacchiere con gli amici, spesso ci distoglieva dal suo ricordo e i nostri visi si facevano rilassati, anche sorridenti, talvolta.
Specie Alessandro, quando si abbandonava ai suoi impossibili sogni che mi teneva segreti. Io però lo conoscevo troppo bene per non immaginare quelle sue visioni oniriche che ci vedevano tutti e tre, ai tempi della Belle Époque, a passeggio per il centro di Parigi ammirando la cattedrale di Notre-Dame, o lungo le Champs-Elysées, o a Pigalle, o a Montmartre, o all'interno dei magazzini Le Bon Marché.
Eccoci agghindati, come si usava allora, seduti sulle panchine nei prati accanto alla Senna, o all'ombra di un gazebo, o passeggiando lungo i bordi del fiume: io con l'ombrello parasole che facevo distrattamente ruotare in un senso e nell'altro, lui col sigaro e Mattia, compito, elegante, in calzoni al ginocchio, una morbida casacca e un berretto con visiera, che gioca, che rincorre il cerchio di legno.
Poi ci immaginava in rue La Fayette a osservare le vetrine: salutiamo un conoscente, allunghiamo qualcosa a un vecchio che domanda la carità, entriamo in un elegante locale per un caffè e, seduti a un tavolino in stile liberty, adagio, lo assaporiamo, mentre il bambino gusta una cioccolata.
E il sogno continuava:
«Garçon, l'addition s'il vous plaît» ... «Merci bien.» … «Tenez, pour le service.».
E riprendevamo a passeggiare lungo la Senna, tutti e tre, con Mattia per mano: per timore che qualche carrozza lo investisse.
E tra sé: «Tempi che mai più torneranno!» mormorava con un sospiro.
Io percepivo ogni suo pensiero e mi stringevo a lui.
Poi, mio marito ha smesso di lavorare, una pensione ottima e la salute che lo sorreggeva, ma io lo avevo lasciato da sei anni: quel male che non perdona … se ne sono accorti e dopo tre mesi me ne sono andata. Per due anni non ne ha voluto sapere, allora gli sono apparsa in sogno e «Desideravo rivedere il mio … il nostro Mattia, non dovevo, forse?», «E, in attesa di riunirci tutti e tre, ti chiedo di vivere come prima, continuando a dar sfogo alla tua passione.».

E mio marito ha ripreso ad andare per musei e a estasiarsi innanzi ai dipinti di Renoir, Monet, Degas, Matisse, Cézanne e di altri grandi dei tempi della Belle Époque, erano quelli che amava di più, ma tutta la pittura lo affascinava.

....

È Alessandro Costa che ha preso la parola, il padre, il marito e colui che programmava, studiava, organizzava i viaggi, per visitare musei ed estasiarsi innanzi ai meravigliosi dipinti.
Le ho sempre amate, fin da giovanissimo: stampate sui libri, ammiravo quelle opere d'arte e ne immaginavo gli autori. I pittori e le loro vite mi affascinavano, quante cose sapevo di loro! Avevo frequentato il Liceo Artistico, ricordo ancora l'appello Amà, Andreoli, Benatti, Bonfanti, Costa, fino a Zacconi; e poi l'Accademia, speravo di diventare un critico d'arte. E invece, sono finito impiegato in un'industria metalmeccanica: a fare preventivi.
La pittura, però, è rimasta nel mio cuore.
Il caso mi ha destinato quell'impiego e io l'ho svolto con scrupolo e serietà; ingranditasi la ditta, sono stato promosso capoufficio: lì sono rimasto e non me ne sono mai pentito.
Di assenze ne ho fatte ben poche, fortunatamente, la salute mi è stata sempre amica e non sono mai ricorso a medici compiacenti. Nonostante ciò: ferie, giorni festivi che cadevano di lunedì o venerdì e ponti, decisi dalla società, mi permettevano di appagare quella che restava la mia grande passione: *andare per mostre e musei*. I viaggi a Parigi due o tre volte l'anno, prima solo e poi con mia moglie, erano di prammatica per me: quei quattro o cinque giorni nella capitale francese, *a ossigenarmi d'arte e di cultura*, spaziando da una mostra a una pinacoteca, o perso tra le sale del Louvre o di altri musei parigini, mi appagavano e corroboravano. E piacevano pure a lei che li amava non meno di me. E non c'erano soltanto quelli di Parigi: i Musei Vaticani, la Galleria degli Uffizi, il British Museum, l'Ermitage, il Museo del Prado, il Van Gogh Museum di Amsterdam e tanti altri minori, almeno una volta, li avevo visitati, «Chi va al mare, chi in montagna,» si diceva agli amici «noi andiamo in cerca di meraviglie appese alle pareti.».
Lei lavorava nello studio di suo padre avvocato: mezza giornata,

se non poteva, stava a casa ... diciamo che faceva i propri comodi e quando ero libero io, lei lo era.
La conobbi a un vernissage: venni folgorato dalla sua bellezza, dall'eleganza e dal portamento, la passione che ci accomunava fece il resto. Lei dipingeva anche: quadri astratti che amici e parenti trovavano bellissimi! Lo sapeva però di essere un'imbrattatele e ne rideva con me, considerando i complimenti di quegli incompetenti nient'altro che *pietose bugie*, e tra noi, mentre seduti in salotto, si sorseggiava un caffè o altro: «Credo che, asserendo che i tuoi dipinti siano dei capolavori,», «O quando mi paragonano a Picasso,» «non stiano mentendo ...», «No, loro ne sono proprio convinti, sono in buona fede.» «Pensano che tu sia veramente un genio!», «Io, come i grandi artisti che noi conosciamo.», «Pierre-Auguste Renoir dei giorni nostri ... Piera Augusta.». E continuavamo: «La realtà è che non ci capiscono niente, la mamma e il babbo guardano i miei dipinti con gli occhi dell'amore.», «E gli altri parenti, che se ne intendono quanto i tuoi genitori, ma si sentono in dovere, *plaudono sulla fiducia*.», «E i nostri amici ... cosa vuoi che sappiano, persone che non hanno mai messo piede in un museo!».
E lei: «E fortuna che i tuoi genitori abitano lontano, avremmo dovuto sorbirci anche le loro ipocrisie!» e ridevamo.
Era accaduto una volta che, al ritorno da un viaggio, dopo aver ammirato dipinti meravigliosi, lei avesse guardato i suoi e ne avesse distrutti due «Per indegnità.» ha detto, mentre io, sorridendo, le davo dell'esagerata.
Lei allora, perché era spiritosa, «Ti ci metti anche tu ... con le pietose bugie!». Poi, quando i suoi genitori venuti a trovarci, si accorsero dei vuoti alla parete e chiesero notizie, lei, seria: «Li ho venduti per dieci milioni l'uno a un gallerista straniero,» senza precisare se di dollari, o di euro, oppure di lire, o di rupie, o magari di dinari, e rideva! Loro non capivano e lei mi faceva l'occhiolino.
Tutti e due amavamo lo scherzo, eravamo pronti alla battuta e ciascuno captava quella dell'altro. Eravamo due estroversi e vivaci, malgrado quello che avevamo passato.
Al primo impatto potevo apparire meno scherzoso di lei, talvolta

davo soggezione, per l'aspetto austero che mi conferivano gli abiti, alla moda di quando avevo vent'anni, e per l'immancabile cravatta d'estate e d'inverno, ne avevo un collezione! Detestavo i giubbotti trapuntati; di quelli che li indossavano, asserivo che parevano usciti, avvolti nella trapunta del letto, odiavo tutto il vestire casual. Mi definivo uomo d'altri tempi che rimpiangeva mode e comportamenti del passato, quando si usava dire "*ossequi alla signora*", quando i bambini ubbidivano ai genitori, quando questi sapevano dir loro di no, quando alla maestra si dava del lei, quando il bon ton contava qualcosa e la riverenza alle signore era normale, quando in ufficio si aveva una certa soggezione per il superiore e quando il caffè o altro, più che al banco, si beveva standosene seduti.
Ovviamente, mi comportavo come tutti, adeguandomi agli usi e costumi del tempo e trovavo normale che mia moglie vestisse seguendo l'ultima moda.
Uomo del secolo scorso lo ero dentro, a parte gli abiti sempre impeccabili, che si usavano ai tempi della mia fanciullezza.
La mattina, quando prima di entrare in ditta, mi fermavo al solito bar per il caffè e il giovane barista mi ripeteva la classica frase «Signor Costa … lei è sempre elegante!», mi divertivo a rispondendogli: «Indosso gli abiti che possiede pure tuo padre, ma che lascia nell'armadio per mettere quegli stupidi giubbotti di plastica.».
E lo dicevo pure agli amici, perché tutti loro vestivano come si usa ora, ma accettavano quel mio prediligere il classico e apprezzavano quell'accenno a togliermi il cappello, incontrando una signora. Ammiravano le mie cravatte, che mai avrebbero messo.
Nessuno però immaginava che mi sarebbe tanto piaciuto vivere durante la Belle Époque, in quel periodo culturale e artistico che va dall'ultimo ventennio dell'Ottocento all'inizio della prima guerra mondiale. Tempi pieni di fermenti creativi che, specie a Parigi, hanno dato i migliori saggi artistici mondiali. Ma di questo mio anelito ha già detto Elisa che, come nessuno, sapeva entrare nel mio animo.
Abitiamo in una casa spaziosa, ben arredata, ma niente di speciale,

quadri, pochi, giusto quelli della moglie e uno, bruttissimo, regalato da mio suocero, l'avvocato, che saprà tanto di diritto, ma di arte, «Non possiamo buttarlo!» diceva Elisa, «Però» lei, sempre pronta allo scherzo, «sei autorizzato a chiudere gli occhi passandogli accanto.».

Possederne non ci interessava, tenere in casa alcuni dipinti discreti, a che pro, meglio ammirarne uno meraviglioso in un museo; sperduti in quelle sale che profumano di colore a olio, dove ti senti vicino a ciascun autore, dove riesci a immaginartelo: altezzoso o cordiale, modesto oppure borioso, odioso o simpatico, folle oppure normale; e lo colleghi a quella che è stata la sua esistenza, che io conosco benissimo. Di ciascuno so dov'è nato, dove è vissuto, so della famiglia, degli eventi che ne hanno costellato la vita e della morte, avvenuta nel ... conosco tutte le date!

Nei musei non era raro che io e mia moglie restassimo per venti, trenta minuti assorti davanti a certi capolavori, contemplando quei particolari che ci davano poi lo spunto per comprenderne assieme i significati più profondi, quello che lui voleva trasmettere.

Amavamo ogni genere di pittura, da Giotto a Picasso; di ciascuna opera sapevamo cogliere tutti gli aspetti, le implicazioni, le eccellenze artistiche e poetiche. Elisa preferiva l'arte più recente, Salvador Dalì era il suo idolo e, ovvio, Pablo Picasso. Cubismo e Astrattismo erano le espressioni che più la coinvolgevano e di quelle correnti conosceva tanti altri artisti … «Non minori,» lei puntualizzava «quelli che hanno avuto meno fortuna.».

Io adoravo i pittori francesi che avevano caratterizzato l'Impressionismo, l'Espressionismo, il Post-impressionismo, il Romanticismo, il Realismo, quei grandi artisti vissuti a cavallo tra l'Ottocento e il Novecento; ricordavo ogni loro opera e quello che ciascuno era stato nella vita, con le rispettive biografie: che divoravo!

Ne avevo ammirati i ritratti al punto da riconoscerli, se li avessi incontrati per strada; imbattermi in loro, parlare con ciascuno ... sarebbe troppo bello! Quel mio innamoramento per la Belle Époque è nato proprio dall'ammirazione per quei grandi uomini.

Quando Elisa è mancata, per due anni non ne ho voluto sapere di

dipinti, di musei, di pittori, poi … ma questo ve l'ha già raccontato lei. È così, anche se il suo ricordo e quello di Mattia non mi hanno mai abbandonato, ho ripreso a vivere, a visitare quei luoghi che tanto amavo.
Mi sono anche trovato un impegno: aiuto un amico gallerista. Proponendomi: «Dammi ciò che vuoi, o niente, non importa,» ho risposto, allorché quello mi ha chiesto quanto gli sarei costato, «per tutta la vita ho desiderato fare questo!», poi: «Chiaro che se mi va di partire, di andare a visitare un museo, mi dai le giornate di libertà.», «Perché … da tanto tempo ho in mente di recarmi a New York, ho sempre sognato di visitare il Metropolitan Museum.», «È un anno che studio l'inglese, non voglio trovarmi là senza poter dire una parola, mia moglie, poverina, un po' lo conosceva, io so qualcosa di francese e nient'altro.».
E il mio amico sorridendo «Il francese, lo saprai benissimo con tutte le volte che sei andato a Parigi!», e io, sempre sognando il Metropolitan: «Presto o tardi … ci vado proprio!». Non tenevo conto degli anni che passavano e che un giorno … mi sentivo forte come un toro e facevo progetti, sognavo; come mi accadeva da ragazzo, convinto di un futuro nella redazione di qualche giornale, quale critico d'arte figurativa, perché amavo anche la scultura, pur se era il colore ad affascinarmi.
M'immaginavo quale inviato speciale di un giornale o di una qualche rivista e, con la mente, vedevo il direttore dal viso burbero che mi mandava in giro per il mondo a inaugurazioni di mostre, a visitare musei, alla presentazione di qualche astro nascente e a visionare importanti opere. E poi, alla sua scrivania, che si congratulava per le mie concise recensioni o i lunghi e particolareggiati articoli.
E invece … ma non mi posso lamentare, ho viaggiato tanto ugualmente: non saprei contare il numero di opere ammirate, solo o assieme alla mia Elisa, la donna con la quale ho condiviso tutto, anche il dolore, ma non tocchiamo quel tasto.
Da due settimane ho compiuto i settantacinque anni, collaboro sempre con l'amico gallerista, è un impegno così ... *senza impegno* e quando ho pensato di assentarmi per trascorrere cinque giorni

nella capitale francese, non ho dovuto che dirglielo.
Lo avevo deciso, «Festeggerò là, il mio compleanno,» mi ero detto, «da solo, e che c'è di strano, se resto qui: loro ci sono, forse?».
A Parigi è andato tutto bene, ho rivisto dipinti *che già sapevo a memoria,* ma è sempre un piacere, ne ho ammirati altri sui quali non mi ero soffermato abbastanza e ne ho scoperti alcuni che rammentavo appena. Sono restato mezz'ora innanzi alla *Gioconda*, ma quello è normale, penso che *ormai mi conosca pure lei*.
La maggior parte del tempo l'ho trascorsa tra il Museo del Louvre, quello d'Orsay e il Marmottan, a osservare i capolavori di Henri Matisse, di Pierre-Auguste Renoir, di Edgar Degas, di Claude Monet, di Paul Cézanne e di Paul Gauguin, di Henri de Toulouse-Lautrec, di Vincent van Gogh, di Edouard Manet e di tanti altri. Entusiasta, vagando tra sale e saloni, sognavo di incontrarli tutti quegli uomini meravigliosi, di conversare, di stringere le loro mani sporche di colore, «Vederli, presentarmi, congratularmi,» facevo tra me «sarebbe meraviglioso! Anche solo un loro sorriso mi farebbe felice!».
Appena tornato, ho ripreso col gallerista: catalogavo le opere, recensivo dipinti, ne redigevo critiche accurate, ne estrapolavo parole altisonanti e belle frasi per locandine e pieghevoli.
A casa, continuavo la mia vita, mi alzavo verso le nove, mi preparavo la colazione e uscivo, passava poi la domestica, è con noi da anni, ha fatto in tempo a conoscere Mattia, a lei lo affidavamo quando partivamo per i nostri viaggi: si trasferiva a casa nostra, era per lui come una mamma.
E quando ... quanto ha pianto!
Viene al lunedì, al mercoledì e al venerdì verso le dieci: pulisce, fa il letto, prepara il pranzo e qualcosa in più che consumo a cena o il giorno dopo, se non ho voglia di farmi gli spaghetti, o un uovo fritto, o la solita bistecca; non so fare altro. Se ne va tra le quattordici e le quindici, dopo aver sparecchiato, lavato i due o tre piatti usati per il pranzo e rassettata la cucina.
È lunedì nove dicembre, da due settimane e un giorno ho compiuto i settantacinque anni: non sto bene, è un malessere generale, mi

sento debole. Ero ritornato il mese scorso da Parigi, nel pomeriggio del ventidue, perfettamente in forma, e avevo subito ripreso a lavorare con la mia solita lena ed entusiasmo; io non mi stanco mai!

Oggi invece … non dovrei mai pranzare fuori, ma ha tanto insistito il mio *capo*, per poi discorrere di lavoro: con quel giovane pittore crede di avere scoperto un altro Caravaggio!

Però, me la sono anche passata, si era in tanti, c'era la moglie, i due figli con le compagne, non credo che siano sposati. C'erano anche i nipoti, un po' casinisti, uno, quando mi ha visto arrivare col cappello, mi ha chiesto che cos'era.

Non me la sento proprio: decido di non uscire e avviso il mio amico gallerista. La domestica mi ha preparato un brodo caldo: non prendo altro. È uno stordimento generale che viene e che va, un senso di stanchezza e un lieve bruciore allo stomaco.

Verso le quattro del pomeriggio mi sento meglio, accendo il televisore, dopo poco più di un'ora, decido di uscire «Un po' d'aria mi farà bene di certo.» faccio tra me, invece, dopo neppure un quarto d'ora, sento freddo: e sono stanco. Presto inizierà l'inverno, la temperatura si è abbassata, arranco, quasi barcollo, «Devo sedermi.» pontifico tra me ... «Non ce la faccio proprio!».

………………………………………………………………………

Ho capito, è meglio che continui io a narrare.

Entra in un bar, dove si reca spesso, «È solo mal di stomaco, un bell'espresso caldo e passa tutto, qui è ottimo.» fa e siede al primo posto libero, non lontano dall'ingresso.

Continua a non star bene «Presto, per favore.» dice con tono affaticato, mentre la vista gli si offusca. Una fitta nebbia lo avvolge, tutto il locale gli pare immerso nella foschia.

È una massa grigia, informe: un fitto smog, nel quale sembra perdersi.

All'improvviso, vede aprirsi uno squarcio, è illuminato da una luce fortissima e gli appare Elisa, bellissima, come quando la conobbe al vernissage, tiene per mano Mattia, carino, sorridente, come allora, quando … no, il Signor Costa non vuole che se ne parli.

Ha con sé un elegante pacchetto «Papà, ti abbiamo portato il regalo

per il tuo compleanno.».
E la moglie: «Siamo in ritardo di quindici giorni … ma avrei preferito attendere ancora quindici anni, avresti fatto in tempo a ... ci tenevi tanto a visitare il Metropolitan Museum!» fa, scuotendo il capo; e continua «Anche se avevamo tanta voglia di vederti, di stare con te!», «Il regalo lo abbiamo scelto io e Mattia, ti piacerà di certo.». Alessandro è confuso, non capisce il significato di quelle parole, di quel "*attendere ancora quindici anni*", di quel "*visitare il Metropolitan Museum*" di quel regalo che "*ti piacerà di certo*", gli pare tutto così strano.
Non ha reazione alcuna, quando Mattia, con un "è *per te papà*", mette il pacchetto sul tavolo, non più ricoperto dall'usuale tovaglietta di carta, ma da una in lino finemente ricamata. Il pacchetto è avvolto in carta dorata e legato con un nastro di raso rosso di cui il capo più lungo è fermato con un'etichetta, in rilievo, con la scritta "*Paris*" che sormonta la torre Eiffel.
Ansioso di scoprire cosa contenga, si accinge a slegarlo e non si accorge che la moglie e il figlio sono svaniti, pure la nebbia se n'è andata. Ritto accanto al tavolo c'è il cameriere: giacca bianca, calzoni, gilet e papillon neri, «Con permesso, signore.» gli fa, ponendovi al centro un vassoio d'argento con una zuccheriera, in porcellana decorata in oro, con effigiate una *C*' e una *G* abilmente intrecciate e inserite in uno scudetto a guisa di stemma gentilizio. Essa fa pendant con un piattino e tazzina dalla quale si sprigiona l'aroma del caffè: hanno la medesima effige.
Alessandro gli fa spazio, spostando di lato il pacchetto il cui nastro, come tirato da una mano invisibile, sta per snodarsi.
Il nostro protagonista si guarda attorno e il bar si è trasformato in un elegante caffè d'altri tempi, l'arredamento liberty e i dipinti alle pareti gli fanno venire alla mente Le Café de Flore a Saint-Germain o La Closerie de Lilas a Montparnasse.
Però ... si guarda attorno, osserva attentamente e sbotta entro di sé: «Ma come ho fatto a non riconoscerlo!» buttando gli occhi sul quelle *C* e *G* intrecciate «È il Café Guerbois in rue des Batignolles, dove si riunivano Manet, Renoir, Cézanne e altri pittori: quelli che avrebbero dato inizio al movimento impressionista.».

Nessuno stupore per l'ambiente così cambiato e neppure si meraviglia del caffè espresso italiano servito a quei tempi: ne gusta l'aroma che avvolge l'intero locale e si guarda attorno con naturalezza.
I camerieri, tutti impeccabili, si muovono con passo felpato.
Mentre il pacchetto continua a svolgersi da solo, eleganti signori, vestiti come lui, alla moda di allora, siedono ai vari tavoli, anch'essi guarniti da raffinate tovaglie. A uno riconosce: Vincent van Gogh, Matisse e Degas … c'è anche Edouard Manet, parlano a bassa voce, ma animatamente, forse di arte e di cultura; li guarda con rispetto, quasi con devozione e loro «Bonne soirée, Alexandre», «Comment ça va, Monsieur Costà», «Tout va bien … mon ami?», «Ciao, Alexandre». Poco distante scorge Renoir, con la sua modella, lui centellina un espresso, lei sta gustando una cioccolata, il nostro fa finta di nulla. A un altro tavolo, Paul Gauguin e Cézanne: in silenzio, anche loro stanno centellinando un caffè, li guarda e tutti e due gli fanno un cenno di saluto con la mano, Gauguin gli sorride e Alessandro ammicca garbato.
Claude Monet è solo, forse attende qualcuno, è assorto in chissà quali pensieri, gli sguardi s'incrociano, lui gli fa un cordiale inchino che il nostro protagonista contraccambia confuso. Henri Matisse si alza per andarsene, saluta gli amici e si dirige verso l'uscita, passa accanto al tavolo del nostro amico e «Adieu Alexandre.» gli mormora con un sorriso, accarezzandosi la barba.
E mentre il pacchetto continua a svolgersi come se due mani invisibili lo facessero per lui, Alessandro vede a un altro tavolo due belle ragazze, «Saranno modelle.» fa tra sé, ne ha la conferma poco dopo, quando una gli si avvicina, lascia un biglietto da visita e se ne va. E Alessandro tra sé: «Mi hanno creduto un artista.» dice sorridendo, mentre legge i due nomi di battesimo, l'indirizzo e la scritta: "*modèle*" e sotto, più in piccolo, a mano "*nues aussi*". Prova un certo orgoglio e tra sé: «Magari fossi un pittore, come loro!» fa sistemandosi il foulard annodato tra collo e camicia, come si usava a quei tempi.
Entra un tipo elegante: lunghi baffi e folta barba, lo riconosce, è Alfred Sisley, viene verso di lui, si ferma e gli stringe la mano con

un sorridente “*Bonsoir Alexandre*“. Due parole d’occasione, poi «Excuse-moi.» e raggiunge Monet.
A un tavolo un po’ scostato, c’è Henri de Toulouse-Lautrec, assieme a tre giovani scollacciate. Alessandro fa finta di nulla, ma il Conte di Tolosa alza gli occhi verso di lui e ne stringe uno, indicando le avvenenti cortigiane, e poi: « Alexandre, viens boire avec nous», «Merci» fa Alessandro, scuotendo la testa. Quello insiste e lui, «Solo un momento.» pensa, e fa per alzarsi, mentre osserva il pacchetto, svoltosi completamente. Non ci riesce, la moglie appare e lo aiuta.
Ritto in piedi, la guarda, osserva Mattia, che lei tiene per mano, si volta verso il Conte e, con voce flebile:
«Excuse-moi, ce n'est pas possible.»,
«Ça n’a pas d’importance,» fa Henr de Toulouse-Lautrec che gli si era avvicinato, poi, sorridendo, gli stringe la mano e, con un “*Adieu, mon ami*“, contraccambiato dal nostro protagonista, torna dalle sue ospiti.
A quel saluto, si uniscono gli “*Au revoir*“, i “*Ciao*“, gli “*Adieu*“, gli “*À tout à l’heur*e“ di Gauguin, di Cézanne, di Renoir e di tutti gli altri, riuniti in quell’incontro senza tempo, mentre Alessandro, in piedi, fa un cenno generale di saluto.
Prende Mattia per mano e, con lui in mezzo, i tre lasciano il Café Guerbois. E, assieme, se ne vanno.
Camminano in silenzio lungo quella, leggermente in salita, che non saprei se chiamare strada: niente strisce o altra segnaletica orizzontale, niente paracarri, neanche cartelli indicativi, manca pure la carreggiata sotto! Neanche, potrei definirla via o viottolo, quella che i tre percorrono tenendosi per mano. È immersa nell’azzurro: di un azzurro limpido, luminoso, terso, rilassante, di cui il temporale, quasi per scusarsi, ci fa dono, ogni volta, dopo lo scompiglio che lampi, tuoni, pioggia e grandine hanno creato. Alcune nuvole appaiono timidamente per poi andarsene, altre sembrano rincorrersi, mentre Elisa, il piccolo Mattia e Alessandro scompaiono dalla vista del mondo.

FINE

LORENZO GARGIULO: POETA, MECENATE E PENSATORE

Lorenzo Gargiulo è un elegante signore di mezza età, che non passa inosservato nella cittadina, dove risiede. È sposato, il figlio, laureato in fisica, ha impalmato un'inglese e vive, con lei, negli Stati Uniti. Lui e la moglie li vanno a trovare una o due volte all'anno.

Con la morte del padre e di due zii, mai sposatisi, ha ricevuto una discreta eredità e campa di rendita. A chi gli domanda di cosa si occupi, dice di essere uomo di lettere e di cultura, quindi aggiunge con sussiego: «E pensatore.».

E col fatto che spesso offre da bere agli amici, si considera anche mecenate.

Non ha mai scritto nulla, ma non nasconde il progetto di imporsi presto come poeta. Ci tiene all'accoppiata *poeta e mecenate*, essa lo accosta a Lorenzo de Medici detto il Magnifico, del quale è fervente ammiratore e, in nome del culto per colui che definisce proprio omonimo, nei suoi progetti artistico letterari, più che il sonetto, o l'ode, o la ballata, primeggia la canzone.

Quant'è bella giovinezza,
che si fugge tuttavia!
Chi vuol esser lieto, sia:
di doman non c'è certezza.

La sa tutta a memoria.

Complessivamente conduce una bella vita: la sera, assieme alla moglie, spesso cena fuori; durante il giorno ha gli amici e di mattina dorme finché ne ha voglia. È cordiale e generoso con tutti ed è sempre disponibile a fare nuove amicizie.

Quella volta si era svegliato di cattivo umore e, alla moglie che al solito gli aveva chiesto se avesse dormito bene, aveva dato due schiaffi. Lei gliene ha dati tre e lui ha taciuto. Ancora in pigiama

ha chiesto sgarbatamente la colazione, la domestica, che aveva assistito alla scena precedente, gli ha risposto di prepararsela da solo. Lui si è alzato e le ha dato una sberla, lei, con un'altra ben assestata gli ha fatto perdere l'equilibrio e Gargiulo, per non cadere, si è aggrappato al fornello. Lì si è preparato il tè.
L'ha bevuto con alcuni biscotti, che ha dovuto trovare da solo, poi, aperto il frigorifero, si è preso uno yogurt.
L'occhiata, che le ha dato la domestica, l'ha convinto a sparecchiare e a riassettare il tavolo.
In bagno, radendosi, ha deciso che, da domani, ogni mattina si sarebbe svegliato di buon umore.
In bagno. È lì che si pensa e si crea; anche per me: la maggior parte delle idee per i miei scritti mi è venuta proprio lì, mentre ... beh: in bagno si fanno tante cose! Lorenzo Gargiulo la pensa così e il concetto che mi accingo a esporre in prima persona è il nostro: il mio e quello di Gargiulo.
Credo che sia così per tutti, penso che a chiunque, poeta, scrittore, filosofo, le pensate migliori siano venute proprio in quel luogo: con la mente fresca, riposata e spoglia da pensieri. Specie dopo, col corpo libero da ... tossine e altro.
Esaminiamo il passato, l'Ottocento, il Novecento e alcuni dei grandi che hanno dato lustro a quei secoli: Cesare Beccaria, suo nipote Alessandro Manzoni, l'amico di questo Giuseppe Giusti, e poi Ugo Foscolo, Giacomo Leopardi, Vittorio Alfieri, fermiamoci qui, ma si potrebbe scrivere un libro.
Sarà una coincidenza, ma erano tutti benestanti, di ottima famiglia, proprietari terrieri e in gran parte nobili. Manzoni abitava a tre minuti a piedi da via Monte Napoleone, Foscolo è nato in un'isola greca, metà sarà stata sua, poi ha vissuto a Pavia nel Palazzo Cornazzani, Leopardi stava in una lussuosa residenza a Recanati, andate a vederla, un piano, soltanto per la biblioteca! Beccaria, il Marchese Cesare Beccaria, abitava in via Brera, mi capite: via Brera a Milano. Informatevi cosa costa un monolocale là, e allora: non credo, molto meno. L'Alfieri stava in un palazzo di stile barocco ad Asti che la famiglia possedeva chissà da quando. Giuseppe Giusti in uno, a Monsummano Terme, a due passi da

Montecatini, la città delle terme, una residenza che non vi dico, ora ci hanno fatto un museo.
E volete che queste po' po' di residenze non avessero il bagno! Oppure uno spazio nelle camere padronali riservato alle abluzioni mattutine e dove i *servi*, a richiesta dei vari Signori, sistemavano il pitale! Là, in quegli spazi, dove assolvevano i loro bisogni fisiologici, e dove si lavavano e si facevano curare barba, baffi e capigliatura, là, a quegli uomini illustri, a quelle menti eccelse, venivano le idee. Poi, ciascuno le elaborava nel proprio studio, ma, nella maggior parte dei casi, scaturivano tra quelle quattro mura rivestite di ceramica o in quell'angolo della loro stanza riparato da un paravento. All'improvviso, mentre … no, non è detto che venissero proprio quando … magari si stavano tagliando le unghie, o lavando, o profumando, o facendo la barba, o gliela stava facendo il barbiere.
I poveri, invece: in casa, nessuno l'aveva, andavano nell'orto, è un ottimo concime si dice, ma sotto l'aspetto letterario, zero! In fatto di privacy poi … dovete sapere che i pomodori, per crescere e maturare, abbisognano del sole, allora gli industriosi contadini creavano, e penso che lo facciano ancora, dei filari di canne messe a *V* rovesciata, lungo le quali fanno arrampicare le piante di pomodoro. Loro, i contadini, si accucciavano tra l'uno e l'altro filare e … concimavano.
Ora ditemi voi se lì, al sole o alle intemperie, a seconda della stagione, con i ragazzini che ti scherzano o ti guardano di nascosto, scomodi, tra fango o polvere, ditemi se tra quelle file di pomodori o altro, possono venire le idee per un romanzo, o per un'ode, o per una tragedia … sì, forse per una tragedia.
Se nessun povero, sia esso un contadino, un fabbro o maniscalco, o un falegname, o carrettiere, muratore, bovaro o altro, ha scritto *I Promessi Sposi*, o il *Dialogo di un Venditore di Almanacchi e di un Passeggere*, o *La Sera del Dì di Festa*, o *Saul*, o *Sant'Ambrogio* o qualcosa del genere, una ragione ci sarà stata! Ed è questa, questa soltanto: non avevano il … lo spazio dove … e nello stesso tempo pensare e concentrarsi. Mancava loro quello che ora c'è in ogni casa.

I poveri neppure ci hanno lasciato dei sonetti come *A Zacinto*, o *In Morte del Fratello Giovanni*. Prendiamo *l'Infinito*, anzi: meglio *A Silvia* … vuoi che non ci fosse stato un povero in grado di scrivere una poesia del genere e gli sarebbe venuta meglio, Silvia … una contadinella … figlia del cocchiere … a loro, del medesimo ceto sociale, sarebbe riuscita più vera, più sentita, migliore di certo.
È inutile, col gabinetto in casa è tutt'altra cosa!
Possiamo dirlo senza tema: le disuguaglianze sociali hanno provocato fame e miseria, ma hanno anche impedito la realizzazione di chissà quali splendide opere letterarie. Non intendo entrare nella politica o nel sociale, ma, alla gente umile, a tutti i poveri, sono state tarpate le ali.
Vorrei sapere, con a disposizione un'accogliente stanza da bagno o un angolo della loro stanza discreto e riparato dagli sguardi, cosa i poveri avrebbero scritto, i capolavori che ci siamo persi! Altro che *Dei Delitti e delle Pene* di Cesare Beccaria! Oppure *Morte di Ermengarda* di Alessandro Manzoni!
Avrei voluto vedere loro due, oppure Alfieri, Giusti, Leopardi, Foscolo … cosa avrebbero combinato accucciati tra due filari di pomodori.
E per avvicinarci ai giorni nostri, Grazia Deledda, anche lei nata da una famiglia benestante, la immaginate, lì accovacciata tra filari di Cuore di bue, o di San Marzano, o di Tondo Ovale Romano, o di altre specie di pomodori, tra quelle piante inerpicate su canne disposte a V rovesciata, che scrive, o soltanto concepisce, romanzi come: *La Madre*, oppure *Cenere*, o *Canne al Vento* … beh quest'ultimo forse.
Anche Lorenzo Gargiulo, quando è in bagno pensa. E non è detto che un giorno, proprio lì, molto presto, a quanto assicura lui, crei un'ode o un madrigale o una ballata. Oppure, come ho già accennato, una canzone, genere che più lo avvicina all'omonimo, di cognome de Medici, detto il Magnifico.
Questa volta, radendosi, ha pensato e deciso di alzarsi ogni mattina di buon umore e l'indomani tale si è alzato.
Con un sorriso, ha salutato la moglie e la domestica, la prima ha

contraccambiato, la seconda gli ha preparato un'abbondante colazione e lui è uscito fischiettando. In realtà, soffiare tra i denti e tra le labbra per far sprigionare motivi musicali è una vecchia usanza non più in voga, però lui non sapeva che altro fare per mostrare al mondo la propria gioia di vivere, anzi, entro di sé l'ha sentenziato: «Solo modulando canti e suoni con la bocca e facendo sfoggio di un viso radioso si può esprimere il proprio buon umore al mondo intero, ci scommetto la testa.».
E la cosa sembra che abbia funzionato, non il mondo, ma un tale, un po' più anziano di lui, gli si è avvicinato e:
«Se non sbaglio, lei è di buon umore.», e il nostro, soddisfatto, «E' vero e da cosa l'ha dedotto?» gli domanda, quasi certo della risposta, ma voleva sentirselo dire; e l'altro, infatti: «Dal fischio, o meglio dal viso radioso e da quel suo allegro fischiettare.».
Il nostro non stava più in sé dalla contentezza ed era lì per uscirsene con una risposta, quando quello lo blocca con un "*Sebbene*", dopo di che gli narra di un amico cacciatore che detestava uccidere gli animali e che, quando andava a caccia era sempre di pessimo umore … il nostro lo interrompe e con aria naturale:
«Bastava non andarci.»,
«Se le ho detto che è un cacciatore,» fa l'altro «come può un cacciatore non cacciare, lui poi, membro dell'Associazione Cacciatori, sarebbe stato cacciato, ma la prego, mi lasci finire.»,
Lorenzo Gargiulo si scusa, e l'altro:
«Dicevo, di quello che, quando andava a caccia, sempre di cattivo umore, detestando uccidere gli animali, fischiava spessissimo.»,
«Perché lo faceva, di grazia?»
«Per chiamare il cane.».
A quella risposta Lorenzo ci resta male e di riscontro: «E' vero, non sempre il fischiare è segno di buon umore.» e tra sé continua con rabbia, ricorderanno i miei lettori che ci aveva scommesso la testa! «Devo riconoscerlo, la mia convinzione è crollata innanzi all'intuizione di un pinco pallino qualsiasi.».
L'altro intanto, sorridendo: «Signore, stiamo conversando da oltre dieci minuti e non ci siamo neppure presentati, permette … il mio nome è Pinco Pallino.»,

«Molto lieto, Lorenzo Gargiulo,» fa il nostro, e continua: «pensatore, uomo di cultura e mecenate, e forse un giorno poeta.»,
«Pensatore!» fa Pinco Pallino «Stavo proprio pensando di entrare in quel bar a prendere un caffè, le va l'idea?»,
«Beh, i miei pensieri sono molto più elevati,» fa Lorenzo Gargiulo, umiliato per la storia del fischio e ansioso di una rivalsa «però, qualcosa con lei la bevo volentieri e se mi permette offro io.».
L'altro ha permesso.
Stanno centellinando un caffè al banco, quando si avvicina un tizio, circa dell'età di Pinco Pallino, forse qualche anno di più, che si presenta «Piacere Caio.»,
«Parente?», domandano all'unisono i due presentandosi a loro volta,
«Di chi?»,
«Di Tizio e di Sempronio.» rispondono sempre all'unisono,
«No, io sono Caio Plinio.».
All'esclamazione di deferente stupore dei due, risponde in un misto tra ovvietà e modestia:
«Non esageriamo, io sono solo un discendente.».
«E dice poco!» esclama Pinco,
«Vorrei io discendere dal casato dei Medici» fa Lorenzo e continua «Mi dica, lei discende da Caio Plinio il Vecchio o da Caio Plinio il Giovane?»,
«Bella domanda!» risponde serio, «non me l'ero mai posta, questa sera consulterò l'albero genealogico.»,
«Credo d'interpretare pure il pensiero del qui presente Signor Pinco Pallino dicendole che la sua conoscenza ci allieta e onora,» fa Lorenzo Gargiulo, «ma ci illustri le motivazioni che l'hanno indotta a presentarsi a noi che non vantiamo di certo discendenze altrettanto autorevoli.»,
«Signor Gargiulo,» risponde con sussiego «casualmente, neppure un'ora fa, l'ho vista uscire di casa e, se non sbaglio, lei era di buon umore.», e il nostro, soddisfatto, «E' vero, e da cosa l'ha dedotto?» gli domanda ansioso di conoscere la risposta, dopo la precedente che gli aveva dato tanto fastidio, «Sono proprio curioso.»,
«Dal suo viso radioso e dal fischio modulato e armonioso.» gli ri-

sponde con naturalezza, e mentre il nostro ha un sussulto di gioia che a fatica reprime, quello prosegue: «Mi stavo per avvicinare a lei, quando il Signore qui presente mi ha preceduto, poi, vi ho seguito fin qua e mi sono permesso.»,
«Con permesso.» fa Gargiulo dovendosi recare in bagno.
Qui, libero di pensare e di concentrarsi, improvvisa un'espressione di acredine, prima nascosta, nei confronti di Pinco Pallino che, col suo *sebbene*, ha messo in discussione la propria tesi, secondo la quale restano il sorriso e il fischiettio gli unici mezzi per manifestare al mondo, il proprio gaudio e buon umore, sentenza sulla quale, per di più, Lorenzo Gargiulo ci aveva scommesso la testa.
Ritornando dalla toilette, ha trovato i due che, seduti a un tavolo, prendevano l'aperitivo chiacchierando, a proposito di Caio Plinio il Vecchio e il Giovane, e di alberi genealogici. Ordina a sua volta e, accantonata l'espressione di acredine, s'intromette nella conversazione: «Gli alberi sono pieni di ciliegie in questa stagione,» fa «che ne direste di recarci nel mio podere poco fuori città, dove ce ne sono tanti e tutti zeppi frutti? Ne farete una bella scorta da portare a casa. E non solo: la figlia del fattore ci preparerà un lauto pranzo, anzi le telefono subito e le dico di tirare il collo a una bella gallina, di quelle ruspanti, ormai introvabili, e di farla arrosto con le patate.». Caio Plinio trova l'idea appetibile, Pinco Pallino trova appetibile pure la gallina con le patate.
Lorenzo telefona e tutti e tre se ne vanno, non prima che Gargiulo abbia pagato il conto. Nessun tentativo da parte dei due di offrire e non c'era neppure d'attenderselo: due anzianotti vestiti alla buona, e lui ... la fama del mecenate, che elargisce senza remore, s'era sparsa da un pezzo.
Arrivano alla sua abitazione, salgono sull'auto parcheggiata nel garage sotto il palazzo e si dirigono verso la fattoria. Il nostro, preso in questo secondo atto di mecenatismo, è alla guida. Gli è a fianco Caio Plinio, dietro siede Pinco Pallino, parlano di Plinio il Vecchio e di Plinio il Giovane e Lorenzo Gargiulo disquisisce su Lorenzo il Magnifico, della cui ammirazione per lui, si è già parlato. Accenna al Trionfo di Bacco e Arianna e intona i primi due versi «*Quant'è bella giovinezza, che si fugge tuttavia!*"»

Là nel podere, la figlia del fattore, dopo aver spennato una bella gallina di tre chili, la migliore del pollaio, averla ben oliata, condita di aromi vari e cosparsa di rosmarino, l'ha messa in forno. Disposte a corolla, numerose patatine novelle, parimenti guarnite e ornate anch'esse di rosmarino tagliuzzato, sembrano fargli da scorta man mano che, tra gli scoppiettii dell'intingolo, il pollo assume il colore dell'oro. Un rametto, della suindicata pianta aromatica, completa la scenografia.
È quasi cotta la gallina, quando arrivano i tre, entrano nell'ampia cucina tipica delle case di campagna, dove, come si usava una volta, si preparano e cuociono i cibi. Là, attorno al grande tavolo, si mangia e ci s'intratteneva, prima dell'evento della TV, la sera e la domenica, a narrare storie, a parlare e a giocare a carte o a tombola.
Ovviamente è Gargiulo che fa gli onori di casa:
«Poi vi faccio visitare la fattoria, e non scordiamo le ciliegie!» esclama, «Stia tranquillo, gliele ricorderemo di certo.», «Gliele ricorderemo di certo, stia tranquillo.» rispondono, prima uno poi l'altro.
Lorenzo continua «Ora mettiamoci a tavola, dal profumo sembra che l'arrosto sia a buon punto: nel frattempo, questa bella figliola ci servirà specialità nostrane, perché qui usa ancora allevare il maiale e, in autunno, macellarlo facendone salame, pancetta, coppa, prosciutto e altro, *perché, tienlo a mente // del maial non butti niente.*» e con sufficienza «Sono due versi che, modestamente, ho scritto io.».
Poi, indicando il corridoio: «Se qualcuno vuol lavarsi le mani, là in fondo a destra c'è il bagno.».
Neppure gli rispondono, siedono a tavola vogliosi di iniziare. Lui invece: guai se prima … e, chiusosi dentro, pensa. E con la mente va alla ragazza tanto brava a cucinare e al profumo della gallina che sta arrostendo. Poi, tra sé: «Quanto sono diverse le galline dalle donne: queste ultime ci tengono ad essere piacenti, fanno diete, vanno dal parrucchiere, dall'estetista e se dici loro che sono belle, le vedi che si pavoneggiano, ti ringraziano e sorridono.».
E continua lavandosi le mani: «Le galline invece … loro lo sanno

che essere definite *una bella gallina*, vuol dire finire prima delle altre in padella e così, tutte mangiano poco, si limitano, qualche lombrico, un po' di mangime e tanti sassolini e pietruzze, che si dice che non facciano ingrassare.».

Immagino i pensieri dei miei lettori: «Diverse ... stanno a dieta come le donne.», è vero, ma le motivazioni sono opposte. E anche quando parlano tra loro, le galline, non le donne, me le immagino:

«Mi trovi dimagrita?»,

«Tutt'altro,» fa l'altra, per farle dispetto, «ti trovo bella e vegeta, sei un fior di gallina!".

E la poverina, specchiandosi in una pozzanghera: «Che stronza!».

Assorto in questi pensieri, Lorenzo lascia il bagno e torna in cucina, dove i due sono ancora agli affettati, li vede mangiare avidamente e ghignare rumorosi tra sorsi di vino e fette di salame. Narrano storielle sconce, coinvolgono la ragazza che si mostra divertita, tutti e due allungano le mani e lei si scansa ridendo.

Neppure si accorgono dell'arrivo di Lorenzo Gargiulo.

Questi non ha appetito, rinuncia a sedere con loro, li guarda in silenzio, non approva la volgarità dei due e quel *fare la mano morta*, ma li perdona e tra sé «Beh … sono vecchi.» e scuote la testa.

Da *pensatore*, come l'ho qualificato fin dall'inizio, medita, e:

«*Bella è la mezza età,*
ma ahimè, ella s'en va ..."
Si fa l'alma meno gaia,
lor ch'arriva la vecchiaia,
sì, va ben, c'è la saggezza,
ma invecchiare è 'na schifezza!»

«Questo è solo l'inizio, ma, direi, che ci siamo,» fa tra sé «ora mi ci dedico seriamente e ne verrà fuori un qualcosa che resterà immortale!».

Ciò detto, riprende il corridoio, torna in bagno e dà inizio alla sua opera prima.

FINE

TRAMONTO A MARSALA

Sono le diciannove, «Resto ancora un po', è una serata splendida,» aveva detto agli amici che rientravano per la cena: «attendo il tramonto, sento che sarà meraviglioso.». Il Vecchio Signore abitava a duecento metri dal mare, in una villa acquistata da vent'anni. Era la sua residenza estiva, ma ci trascorreva più tempo che a Milano: da quando il figlio maggiore aveva preso in mano le redini della *fabrichéta,* come la chiamava lui.
Da bambino villeggiava, allora si diceva così, a Cesenatico coi genitori e da ragazzo a Rimini o a Riccione. Poi sono accadute tante cose e, ormai anziano, si è preso la villa in Sicilia, dove c'è sempre il sole: da giugno a settembre non si muove da lì. Si è fatto vari amici alla Società Canottieri, a lui tanto cara «È così vicina a casa!» diceva.
Là, ogni tardo pomeriggio si fermava a fare chiacchiere e alle diciannove o poco più tardi rientrava, ma, quella sera, la propria abitazione gli pareva lontana, troppa strada da fare: è stanco, piedi e caviglie sono più gonfi del solito, si sente spossato. Seduto a due passi dal mare, in una poltroncina modello regista che guarda il sole calare dietro l'orizzonte, se ne sta immobile.
Al solito, avevano parlato di politica, di sport, dei tempi passati, dei rispettivi malanni, qualche storiella osé e altre addirittura volgari, «Tanto … siamo tra uomini.» dicevano.
È solo, ha gli occhi rivolti verso l'orizzonte.
Quel vecchio motivo *Il mare, il cielo, stasera si* ... da un po', gli ronzava nella mente, ma non ne ricordava il seguito, e neppure il titolo. Prima tra sé, poi a voce sommessa, canticchia quelle quattro parole guardando il sole che pare essersi fermato per tornare a splendere alto.
Intorno a sé vede tre, quattro, cinque file di ombrelloni, gente che

entra e che esce dall'acqua, bambini che giocano, signore che chiacchierano tra loro e mariti che leggono il giornale; l'ambulante, in calzoncini grigi e camicia bianca, col cesto sulla spalla sinistra, tedia la gente gridando, con voce monotona: «Cocco, cocco bello!».

Il giovane Vecchio Signore si alza agilmente come non faceva da anni, la vena varicosa non c'è più e le estremità non sono gonfie, entra nell'acqua per rinfrescarle e affrontare meglio la sabbia rovente. Poi, rapido, arriva allo stabilimento, dove un jukebox suona il motivo di prima.

Si avvicina agli altri ragazzi, qualche ciao, manate sulle spalle e alcuni "*Come è andata ieri sera?*" mentre a quel disco s'è sostituita *Una zebra a pois*.

Con mosse ritmate i giovani accompagnano la musica e lo fa anche lui: con l'agilità di un tempo. Sorridente, segue il ritmo con le gambe.

Quegli antiestetici nei, che, da quarant'anni, gli crescono su tutto il corpo, non ci sono più, e quell'odiosa vena varicosa lungo il polpaccio sinistro è proprio scomparsa.

Scorge una ragazza, gli pare di conoscerla: è bellissima. Non è male neppure lui e lo sa bene. La vede avvicinarsi al jukebox, mettere cento lire e selezionare tre pezzi. Si avvicinano l'uno all'altro e, in quello spazio lastricato in cemento, iniziano a ballare. La stringe a sé. La Splendida Ragazza fa resistenza, ma gli sorride.

Terminata la canzone, mano nella mano, s'avvicinano al bar, tutti e due prendono una coca cola, lui, rivolto al barman: «Nella mia ci aggiunga un po' di whisky.», «Sì, Signore, al solito.» gli risponde con un sussiego e un sorriso appena accennato.

Rispettosi col cliente, come si usava allora, quando il barman portava la giacca bianca.

Il giovane Vecchio Signore paga e vanno a fare il bagno, si spruzzano felici, corrono lungo la battigia per poi entrare in mare «Vuoi che t'insegni a nuotare?» gli domanda, e lei sorridendo maliziosamente «So fare più di te.» e va, dove l'acqua è più profonda, lui cerca di abbracciarla, lei gli sfugge, ma quel sottrarsi è solo un invito a provarci di nuovo.

Lei guarda l'ora «Com'è tardi,» fa «poi mio papà mi sgrida!». E anche lui che sta in una casa poco distante era costretto a certi orari. «Ci vediamo alle quattro e mezzo.» dice la Splendida Ragazza, andandosene, «Ciao» le fa il giovane.
Il Vecchio Signore, diventato giovane aitante, pranza assieme ai genitori e al fratello minore, pensando a lei, che ricorda di avere conosciuto alcuni giorni prima, ma non rammenta dove. Poi il riposino nella stanza col fratello: sono le regole di casa, altrimenti dopo cena non lo lasciano uscire. Allora si usava così. Quanto tempo è trascorso e come sono cambiate le mode!
Non chiude occhio: quella ragazza lo aveva stregato. Alle sedici e quindici è là; lei arriva poco dopo. Ha con sé un mangiadischi e due valigette piene di quarantacinque giri, siedono dietro le cabine e scelgono assieme.
Ecco, *Blu le Mille Bolle Blu* cantata dalla grande Mina, e poi Fred Buscaglione nel romantico *Guarda che Luna*. Eccolo: Gino Paoli che sussurra *Che cosa c'è, c'è che mi sono innamorato di te*, mentre loro si guardano negli occhi per poi ritmare con Mina che urla *Tintarella di Luna*. Pino Donaggio intona *Come Sinfonia* e Rita Pavone *Come te non c'è nessuno*.
Se ne stanno in silenzio i due giovani, mentre queste musiche si disperdono tra il mare e il cielo, lui l'accarezza dolcemente, carezze che la Splendida Ragazza frena appena diventano audaci.
Il giovane: «Usciamo assieme questa sera?» le chiede, e al "*non so*" di lei: «Ti vengo a prendere nella pensione e mi presenti ai tuoi genitori,». E poi sorridendo: «Quando mi vedranno in giacca e cravatta e li assicurerò che all'una saremo di ritorno, vedrai che ti lasceranno!», «Non so.» gli ripete.
Lì seduti, sistemato il mangiadischi sul telo da bagno ripiegato in quattro, si erano dette tante cose, «E non ci siamo neppure presentati.» le fa notare il giovane Vecchio Signore; lei lo guarda e intona un motivo in voga «Ho scritto il nome sulla sabbia ...» e con l'indice fa una *G*. Lui, sorridendo, le fa notare che la parola esatta è: *t'amo*, «Ho scritto t'amo sulla sabbia ....» e, pronunciando *t'amo*, fissa la giovane negli occhi, mentre dal ginocchio sale accarezzandola delicatamente. Lei si alza e ridendo: «Prova a indo-

vinare come mi chiamo, comincia per *G.*». Lui ne spiattella dieci, quindici, ma la Splendida Ragazza a ogni nome, fa segno di no, poi, correndo verso il mare: «Nessuno di tutti questi,» dice ridendo. Fa dieci metri, si ferma e lo saluta con la mano, poi: «Se mi prendi, te lo dico.» gli grida forte, la gente, attorno, non dà segno di sentire.
Il Vecchio Signore neppure ci prova, si alza lentamente, ha il fiatone, a fatica raggiunge la sedia dalla quale ammirava il cielo, il ,mare ... e il sole che, prima, stava e, ora, sta per tramontare.
La Splendida Ragazza, come ricomparsa all'improvviso, ritta accanto a lui: «Forza, vediamo se indovini?».
Il Vecchio Signore, sudato, con i piedi gonfi, con tutto il corpo cosparso di quegli antiestetici nei e con quell'odiosa vena varicosa lungo il polpaccio sinistro, solleva lo sguardo con espressione stanca, borbotta qualche altro nome al quale lei fa segno di no. Poi, con voce argentina: «Allora, cedi?»,
«Sì,» fa il Vecchio Signore con tono flebile: «sì, dimmelo tu.», si capisce che è stanco.
«Gioventù.» risponde e sparisce mentre il sole scompare dietro l'orizzonte.

....

Si ode il suono lacerante di un'autoambulanza che si avvicina, una brusca frenata, il cancelletto blu era già stato aperto, il medico e un volontario entrano e scendono rapidamente le scale, «Là», indica Giovanni, dalla portineria. Pregano alcuni curiosi di scostarsi, distendono l'uomo sul selciato, un energico massaggio cardiaco mentre dall'ingresso di servizio entra il mezzo.
Dopo venti minuti, il più anziano lo ausculta col fonendoscopio e scuote la testa.
Il sogno che ha accompagnato l'agonia del Vecchio Signore è terminato.

....

Il resto è routine.

FINE

IL SEGRETO DEL GABBIANO BAKHTI

È un mercoledì di fine maggio, mi sto recando al Circolo, saranno le undici e trenta o poco più, sto percorrendo una viuzza stretta che sbocca nella via principale, quella che porta alla Chiesa Madre: in Sicilia si chiama così.
Noto sul marciapiede sinistro un gabbiano che procede sulle zampette come un pollo, lo seguo con lo sguardo convinto di vederlo prendere il volo, niente, continua il suo percorso come fosse una gallina, o una faraona, oppure un tacchino. Accelero e lui fa lo stesso, quasi lo incalzo e lui aumenta il passo a sua volta, non capivo perché non volasse via, non serve essere zoologi per sapere che i gabbiani … chi non li ha visti librarsi nei cieli, andarsene maestosi sorvolando mari azzurri o maleodoranti immondezzai.
Imperterrito, continua col suo incedere frettoloso che fa pensare a chissà quali impegni, «Si crederà d'essere un milanese.» faccio tra me sorridendo. Continuo a seguirlo rinunciando al Circolo, mi aveva proprio incuriosito.
Attraversa e prende quella strada che porta verso il teatro, e io dietro, e lui che se ne va sempre più di fretta; ma non prende il volo, e più io accelero, più accelera lui. Ricorro al sistema classico per impaurire i volatili, batto ripetutamente le mani, «Voglio vedere se non si alza in cielo!» esclamo tra me, quello invece si ferma, mi guarda e con fare scortese: «Beh, che c'è. Che cazzo vuoi!», «Vedi di non rompere le palle!».
Io, pur seccato per la volgarità della reazione, gli rispondo scusandomi e non celando la curiosità di conoscere la ragione di quel suo continuare a camminare senza decidersi a spiccare il volo, «Sa,» aggiungo «a me piacerebbe tanto volare, lei che può.» e mi stringo nelle spalle e nelle braccia ponendo le mani ad angolo con le dita ripiegate: non so se sono riuscito a rendere l'idea, ma è più

facile farlo che spiegarlo.
Ero curioso, volevo capire perché lui, malgrado i miei vari solleciti non avesse preso il volo e continuo: «Potessi trasvolare io la volta celeste, e invece: se voglio provare tale emozione, devo prendere l'aereo! Mi spieghi, la prego, perché, come farebbe qualsiasi volatile, lei continua a camminare senza librarsi nel cielo.».
Quello mi guarda e mi fa «Mi scusi, ma lei che sta facendo? Perché è uscito, anziché starsene in casa a leggere qualche poesia o un romanzo, o a guardare la televisione?».
Non mi va di spiegargli che sono socio di un Circolo, che là ho vari amici, che ogni giorno ci si incontra per l'aperitivo, così gli faccio con naturalezza: «È una bella giornata e m'è venuta voglia di fare due passi.",
«E io che sto facendo?» sentenzia lui, e col mio medesimo tono: «Anche per me è un bella giornata.».
Non posso che annuire, mentre lui, abbandonati i modi iniziali, sorride e:
«Mi chiamo Bakhti, molto lieto.», mi presento a mia volta e si comincia a conversare, dai due passi si va alla camminata all'alba, fino alla salutare mezz'ora dopo aver pranzato, consigliata, dalla Scuola Medica Salernitana, fin dal Medioevo. Si parla di politica, ma solo locale, di quelli che stanno a Roma e delle loro beghe è di un'ignoranza totale.
Scopro che gli piace molto l'attuale Sindaco:
«Alle prossime elezioni, spero che lo rieleggano,» mi fa, «sa, uno sporco così per le strade non c'è in altre località, e per noi è cibo.».
E continua: «E quegli alberi secolari, sa quelle grosse querce inutili che chiunque toglierebbe, sotto le quali è impossibile, ad auto e a persone, sostare per quelle inevitabili cacchine degli uccelli … per noi sono dei ristoranti, e di lusso, lì ci sono i nidi, carne tenera: è come tra bovino adulto e vitello, noi ne andiamo pazzi. Noi gabbiani, in generale, io, purtroppo …» mormora con un sospiro e un'espressione triste che si fa cupa.
Non mi va di fare domande imbarazzanti e devio il discorso:
«A quanto mi risulta, voi gabbiani siete come i piccioni e i corvi: mangiate di tutto.»,

«È vero, abbiamo sì le nostre preferenze, ma poi: mangiamo quello che ci capita. Siamo realmente delle buone forchette, pensi che ci sono delle specie di uccelli che si cibano esclusivamente di particolari insetti e in funzione del periodo dell'anno, proprio come facevate voi uomini, una volta, con la frutta e la verdura di stagione.».

Mi piace, lo trovo simpatico, capisco che sa: l'invito a prendere l'aperitivo; «Sediamoci, però,» mi dice «così facciamo due chiacchiere in pace, poi il banco è così alto!». Ci accomodiamo all'esterno, con un saltello è sulla seggiola, io ordino un analcolico e lui un prosecco che il cameriere ci porta accompagnati da tartine, noccioline e semi di zucca. Con un altro saltello è sul tavolo e si serve. Io bevo soltanto, «Altrimenti, a pranzo, non mangio.» faccio, e lui *fa fuori* tutto.

Realmente è un tipo simpatico, mi narra alcune storielle non male, tra cui quella del bambino che chiede alla nonna cos'è un amante e lei, battendosi il palmo della mano sulla fronte, «Accidenti!», apre l'armadio e casca giù uno scheletro. Questa l'avevo già sentita da Carlo Dapporto, ma devo ammettere che anche lui l'ha saputa raccontare. Glielo dico e lui si pavoneggia sorridendo.

Potrà apparire strano: un gabbiano che si pavoneggi, però, credo che, se qualcuno si complimentasse, per la sua virilità, con un gallo, *sultano* di un numeroso pollaio, anche questi si pavoneggerebbe. Così come se lo facesse con un tacchino, esaltandone le carni che rallegrano i pranzi degli americani, il *Giorno del Ringraziamento*: beh, forse questo ne sarebbe meno entusiasta.

Tornando al Gabbiano Bakhti, ho notato in lui una certa sensibilità e amore per le belle arti, specie per la lettura, ha citato poeti e scrittori, poesie e romanzi.

Ci siamo lasciati con l'intesa di vederci a casa mia, sabato, tra le diciotto e le diciannove, per un aperitivo rinforzato; con l'occasione, avrebbe conosciuto mia moglie. Curioso come sono, confesso che ci tenevo a rivederlo e, raggiunta una maggior confidenza, a domandargli la ragione di questo tentennare allorché si affrontava l'argomento volo.

Anche quando l'ho invitato:

«Io abito in viale … » e gli ho dato l'indirizzo completo, «lo ricorderà certamente, è quel palazzo alto, vista mare, a cento metri in linea d'aria dalla spiaggia, chissà quante volte, dopo aver vagato tra quelle distese azzurre, lo avrà sorvolato per entrare in città!».
Non ha risposto, il viso si è fatto triste, e io: «Sto al quarto piano, per quell'ora lascio aperta la finestra e lei plana direttamente nel salone, dove l'attendo con mia moglie.»,
«No, preferisco passare dall'ingresso sotto,» mi ha detto, sempre con quell'espressione mesta «vengo dal centro.»,
«Come vuole,» ho risposto «fino alle diciannove il portone rimane aperto, altrimenti suoni.»,
«No, no, vengo prima!» ha ribadito «Prima delle diciannove.»,
«Arrivi quando crede, di fronte si troverà l'ascensore, come le ho detto, stiamo al quarto piano, l'interno è il nove.», e poi «Preferirà specialità marine, ovviamente, o gradisce un misto con carne e verdure?»,
«Misto.» mi ha risposto, senza indugio, «Meglio senz'altro un bel misto.»,
«Sa, gliel'ho chiesto perché mia moglie prepara delle tartine ai gamberetti, da leccarsi i baffi!». Alla parola gamberetti non ha mostrato alcuna reazione, quasi non li conoscesse.
In questi tre giorni ho sovente pensato a lui, a quello strano gabbiano che di volare non ne vuole sapere; li rammento mentre si librano nei cieli azzurri e li rapporto a lui, che passeggia per vie e stradette come uno di noi.
Anche mia moglie, alla quale ho narrato di questa recente amicizia, era curiosa e ci ha *messo l'anima* per preparare un aperitivo *coi fiocchi*, io mi sono occupato delle bevande, spaziando dagli analcolici allo spumante.
Arriva sabato, sono le diciotto e trentacinque, sentiamo bussare, apriamo e si presenta con un grosso mazzo di fiori per mia moglie, era trafelato, respirava affannosamente.
Rivolto a me: «Per favore mi darebbe un bicchiere d'acqua, capirà, quattro piani a piedi!», «Subito!», gli faccio e gli domando se la preferisce naturale o gasata,
«Naturale, la gasata provoca certi scherzi che … davanti a una si-

gnora.»,
«Naturale.» rispondo, confermando la sua scelta e anche nel senso degli scherzi che potrebbe provocare quella gasata, e poi: «Però, glielo avevo detto che c'era l'ascensore.».
Quello guarda verso l'alto e scuote il capo tristemente; io, pur pieno di curiosità, non mostro reazione alcuna, mi affretto a porgergli il bicchiere, mentre mia moglie, presi i fiori con un sentito "*non doveva disturbarsi*", riempie d'acqua un vaso di cristallo.
Ve li sistema con cura e, rivolta al Gabbiano, «Sono bellissimi, ma non era il caso!».
Ci accomodiamo e parliamo del più e del meno, al solito io e mia moglie beviamo e mangiamo pochissimo, lui invece ha finito tutto! Si parla di arte e di cultura, ama molto la poesia del novecento, cita Quasimodo, Ungaretti, Montale, Luzi e declama alcuni passi. Si capisce che è uno che ha letto tanto.
Abbiamo pure scherzato, lui ha narrato altre divertenti storielle, gli ho fatto raccontare di nuovo quella dell'amante e mia moglie ha riso divertita, «Lei dovrebbe fare cabaret!» gli ha detto e lui ha sorriso compiaciuto.
Pian piano siamo passati al tono confidenziale, «Chiamatemi Bakhti e diamoci del tu.» ha sentenziato e anche noi gli abbiamo detto i nostri nomi di battesimo, ben lieti di aver instaurato un rapporto tanto cordiale, poi io:
«Tu Bakhti dove abiti?», gli chiedo, mi risponde che sta appena fuori città, e mi illustra i pro e i contro della periferia, mi parla della gente più genuina, più cordiale, ma meno preparata intellettualmente. È davvero il classico tipo da compagnia: colto, simpatico e brillante.
Il personaggio continuava a incuriosirmi:
«Bakhti, non è un nome italiano, mi sembra.»,
«No, anche quello fa parte della mia storia segreta che non ho mai svelato a nessuno.»,
«E noi non ti chiederemo di narrarla.» gli rispondo, mentendo, il mistero, infatti, di questo gabbiano che se ne va sempre a piedi, ci rodeva la mente: eravamo curiosi tutti e due, mia moglie poi! Ed è stata lei a entrare in argomento, lo ha fatto in maniera molto

abile: «Io da giovane volevo fare la hostess, ho sempre desiderato volare!» e a voce più bassa «Beato te!».
Stavo per fare la domanda che tanto stava a cuore a tutti e due, con un po' d'imbarazzo, ero lì per affrontare il tema, quando lui mi precede:
«Amici miei, voi non ci credete, ma io non volo!»,
«Veramente!» esclama mia moglie, «Non me lo dire … ma com'è possibile!»,
«È incredibile,» faccio io «ti confesso che non ho mai conosciuto un gabbiano che preferisce andare a piedi!»,
«Non è questione di preferire, io non so proprio volare, se dovessi librarmi nei cieli … sopra le distese marine … non ne sarei capace.»,
«Dimmi Bakhti» fa mia moglie con gli occhi che le brillavano di soddisfazione «Vuoi dire che hai deciso di narrarci la tua storia segreta che non hai mai svelato a nessuno?»,
«Si, amica mia, sebbene non ci sia maggior tristezza che rimembrare i tempi più mesti, lo farò!» sentenzia il gabbiano «Mi avete accolto tutti due con una tale cordialità, che ho deciso di svelarvi il segreto che ho tenuto in serbo, entro di me, per tutta la vita: io sono uno dei pochi gabbiani che non sa volare!»,
«Ah, ce ne sono altri?»,
«Altri tre, e anche loro fanno parte della storia, ma cominciamo da me: io, se volessi librarmi nel cielo sopra l'immenso oceano o in altro luogo, cadrei in acqua!»,
«E sai nuotare almeno?»
«Neppure!»,
«Neanche in piscina?»,
«Neanche!» esclama con accento piagnucoloso,
«Ma è terribile!» fa mia moglie, sempre più entusiasta di essere unica detentrice del segreto di Bakhti: «E gli altri tre sanno nuotare?»,
«Quello non lo so.»,
«È davvero singolare,» faccio io «perché la struttura delle ali dei gabbiani è perfetta per volteggiare agili nel cieli e planare con eleganza.»,

«Ed è così, però, se nessuno t'insegna, se non hai un padre o una madre che ti accompagni quando, giovanissimo, provi i primi saltelli per poi andartene liberamente nel cielo, com'è possibile apprendere!» esclama in preda all'angoscia.
Un velo di tristezza si è abbattuto su di noi, io e mia moglie pendiamo dalle sue labbra, siamo ansiosi di conoscere il mistero del gabbiano, di questo sfortunato volatile che non sapeva volare e lo sproniamo a parlare, a sfogarsi, è mia moglie la prima:
«Ma come, i tuoi genitori ti hanno abbandonato senza insegnarti ciò che ogni uccello non può non sapere?»
«No, non lo avrebbero fatto mai, loro mi amavano!»
«E allora?»
«Mi adoravano, rammento con quanto amore mi accudivano e portavano il cibo mentre me ne stavo nel nido, ero figlio unico, mio fratellino buonanima, debole e delicato ci aveva lasciato lo stesso giorno della schiusa delle uova.», «Mio padre e mia madre mi amavano che di più non si poteva, ma ahimè, un brutto giorno ...»
«Racconta ti prego, non farci stare in ansia!»,
«La mia è una lunga e triste storia!»,
«Parla, siamo impazienti di conoscerla.» fa mia moglie,
«Appena la mamma ebbe conferma del prossimo lieto evento, avvertì il babbo e, pieni di entusiasmo, assieme si misero alla ricerca di un luogo sicuro dove fare il nido. Scelsero il terrazzo di un palazzo di sei piani e decisero di costruirlo tra la ringhiera e l'antenna televisiva, «Tu pensa a riposare,» diceva il babbo «faccio tutto io.» accarezzandole la pancia con la zampetta destra. Riuscì bellissimo, pareva una bomboniera, erano orgogliosi di quel nido lontano dalla vista di malintenzionati e facile, per i miei genitori, da raggiungere: appena nato, dovevo mangiare ogni trenta minuti! Poi ogni due ore, e, una volta cresciutemi le prime piume, ogni quattro. Tutto questo me lo hanno raccontato loro quando ne ero quasi tutto ricoperto, credo che sia stata proprio la sera prima.
«Di cosa?» domanda ansiosa mia moglie,
«Ora te lo dico,» fa scuotendo il capo «abbi pazienza!», e asciugandosi una lacrima, continua «I miei si sentivano tranquilli, ritenevano impossibile che una persona potesse arrivare fin lassù,

salvo che abitasse nel palazzo, ma lì ci stava tutta gente per bene: non avevano il minimo dubbio che potesse accadermi qualcosa. E invece, non so come: ce l'hanno fatta, si saranno arrampicati di notte, saranno entrati spacciandosi per non so chi, avranno preso l'ascensore, chissà, ma, nel sonno, sono stato rapito dagli zingari di una tribù che si era accampata appena fuori dalla città.».
La cosa mi stava interessando enormemente, mi ha sempre incuriosito il fatto degli zingari che rapiscono i bambini. Io ho sempre identificato questo popolo nei mitici gitani spagnoli le cui donne, dalle sofisticate acconciature, dalla pelle bruna e dagli occhi neri, sprigionano sesso da ogni poro, e mi sono chiesto tante volte il perché i loro uomini, anziché farci l'amore e generare figli, andassero a rubarli a destra e a manca.
Evidentemente, per i piccoli dei gabbiani è un'altra cosa, chissà; ma sentiamo che ci racconta:
«Mi sono risvegliato in una carovana di zingari.» ha detto con un nodo alla gola «E loro mi hanno dato il nome di Bakhti che vuol dire *il fortunato*, ditemi voi!» fa scuotendo la testa.
E ci racconta di tutti i maltrattamenti subiti, ci illustra le condizioni disumane in cui è vissuto, le privazioni, «Mi trattavano» fa «come una bestia!»,
«Neppure mi hanno mandato a scuola, quello che so l'ho imparato dai libri che riuscivo a salvare, quelli che gli zingari recuperavano assieme a cassette e mobili vecchi, per fare fuoco. Io sceglievo quelli dei miei autori preferiti, in gran parte poeti, li nascondevo in qualche roulotte o tenda e li leggevo di nascosto estasiato.».
E ci ha parlato di letteratura antica e moderna, perché, ho imparato da lui che il più della gente, quando cambia casa, la prima cosa che fa è buttare i libri, poi i mobili vecchi e altro. Di carta ne trovavano sempre tanta e lui si è acculturato con quella: quella che riusciva a prendere e a nascondere prima che gli zingari la bruciassero. Da *l'Iliade* e *l'Odissea* fino alle poesie di Neruda. Poi c'erano i libri scolastici, di quelli se ne trovano in ogni angolo, è da lì che ha imparato a leggere. Mia moglie però era rimasta colpita da quella sua incapacità di librarsi nei cieli, le pareva impossibile: un gabbiano che cammina come un galletto e ha ripreso il

discorso:
«A volare, quindi» fa mia moglie «non ti hanno mai insegnato?».
«Sì … volare … ma neppure ad andare in bicicletta!»,
«Niente! Non ne sarebbero stati nemmeno in grado, che ne sanno gli zingari di librarsi nei cieli, quelli non conoscono neppure le più elementari norme del volo!»,
«Solo una mamma gabbiano può,» sentenzia mia moglie «con tanto amore e pazienza, insegnare a un suo piccolo.»,
«O» aggiungo io per una sorta di parità tra i sessi, «un padre.».
Bakhti ha annuito e, scuotendo la testa, «Da loro invece ho appreso a chiedere la carità, in quello sono insegnanti bravissimi. Eravamo in quattro gabbiani, tutti rapiti giovanissimi, incapaci di volare e costretti a tale umiliazione, ciascuno con un piattino tenuto col becco e l'espressione tipica del questuante. Ogni giorno, ora uno, ora un altro zingaro ci accompagnava e, standosene seduto in un qualche bar, ci teneva d'occhio. Se ogni tre o quattro ore non gli si consegnava una certa somma, erano botte!» mormora mentre dall'occhio destro gli scende una lacrima,
«Poverino!» fa mia moglie asciugandosi la sua,
«Non potevi fuggire!» gli dico,
«Una parola! Da dentro il locale, lo zingaro di turno addetto ad accompagnarci e a fare attenzione che non scappassimo, non ci perdeva di vista un istante, e se notava qualche mossa strana … accorreva!»,
«Pensate che una volta … degli altri tre gabbiani due erano femmine e io avevo simpatizzato con una, diciamola, tra noi era nato qualcosa. Ebbene: un pomeriggio ... faceva caldo, di gente ne passava ben poca, io avevo bevuto un po' e m'era venuta voglia di fare sesso. Vedo due cespugli che creavano uno spazio tranquillo, emetto un garrito, lei mi guarda, io glieli indico e le faccio l'occhietto e là ci siamo appartati. Sul più bello è arrivato lo zingaro: io incazzato come una bestia, lei rossa dalla vergogna, e lui «Bravi, questo fate, anziché lavorare!» e lei a dire che non era accaduto nulla, che si stava solo parlando, ecc. Ci ha dato due calci e «Andate a chiedere la questua, se 'sta sera volete mangiare.» ci ha detto,

«Gente crudele!», ha sentenziato mia moglie «Crudele e senza cuore!»,
«E com'è finita?» gli chiedo, «Perché, mi sembra che ora tu sia libero.»,
«A quanto pare, sei riuscito a fuggire.» fa mia moglie.
Lo dice sorridente, si capisce quanto abbia preso a cuore le sorti di Bakhti e lo incalza a narrare:
«Sì, ce l'ho fatta, ora vi racconto: una volta, fortunatamente …»,
«Hai visto che il nome ti ha portato fortuna!» fa mia moglie, entusiasta, a lui che scuote la testa amaramente per poi riprendere a narrare, ma lei continua:
«Mai disperare!».
Il gabbiano non commenta e riprende a narrare: «avevo raccolto più soldi del solito, lo zingaro se ne stava seduto nel bar dal quale ci teneva d'occhio. Vado da lui e gli consegno il malloppo, quello, anziché mettersi tutto in tasca per darlo al capo della tribù, ne ha speso la metà a bere: era mezzo ubriaco, se ne stava seduto sonnecchiando e io ne ho approfittato.»,
«E la tua Gabbia… la tua ragazza?»,
«Quella, meglio perderla, avevo scoperto che se la faceva anche con l'altro!»,
«Le donne!» faccio io, e mi abbandono a una disquisizione storico letteraria sulle donne che hanno tradito. Coinvolgo il gabbiano Bakhti e ne vengono fuori delle belle, perché di donne che hanno fatto le corna al marito non c'è soltanto Madame Bovary, «La narrativa mondiale è piena di signore dai facili costumi.» fa il gabbiano e continua «Anche Francesca da Rimini, che ci hanno dipinto come vittima di un marito crudele, diciamolo: ha sposato Giangiotto, anziano e claudicante, e poi è andata a letto col fratello Paolo, giovane e bello. Una santarellina non può definirsi di certo.» e io pronto «Ed Elena dell'*Iliade*, l'antesignana, l'adultera per antonomasia,» e pontifico con fare saccente «Colei che ha dato il nome alla città di Troia.», il gabbiano comprende la battuta e sorride divertito. Mia moglie mi guarda e io «Poi ti spiego.» le faccio.
Passiamo poi a disquisire su Anna Karenina, che se la faceva col

bellissimo Vronskij, approfittando di un marito troppo impegnato col lavoro di funzionario governativo. Dopo, passiamo a Lancillotto, il più *figo* dei Cavalieri della Tavola Rotonda, che mette le corna a Re Artù con la bella e procace sua moglie Ginevra. Scopro che il gabbiano ne sa più di me e mi spiattella varie opere come *L'Amante di Lady Chatterley*, *Donna Flor e i suoi due Mariti*, *Il Maestro e Margherita*, mi narra le trame ed entra nei particolari più scabrosi come quando Margherita esce di casa completamente nuda e si abbandona a una festa satanica della quale lei è regina, con diavoli, diavolesse e gatti che parlano.

Vedo che mia moglie dà segni di noia e infatti:

«E basta con questi discorsi maschilisti che piacciono tanto a voi uomini!» fa, rivolta al gabbiano e a me, «Piuttosto, raccontaci Bakhti dov'eri quando sei riuscito a liberarti dal giogo dei tuoi rapitori, da quei crudeli zingari, e come sei arrivato qui.»,

«Ci trovavamo in un paese dell'entroterra a centocinquanta chilometri da qua,» fa il gabbiano «quando sono fuggito: ho attraversato paesi e città, ho superato monti e piani, inerpicandomi per sentieri impervi e strade sconnesse, attraversando lande deserte e luoghi selvaggi.»,

«E mangiare?»,

«Finché ero sulle strade, me la cavavo, ai bordi c'era sempre qualche lumachina, o grillo, o bruco, e la stessa vegetazione, noi gabbiani siamo di bocca buona, ma era l'attraversamento dei paesi e città a creare problemi, non tutti i luoghi sono *belli sporchi* come questo, dove a terra si trova di tutto, talvolta erano problemi seri. E allora mi recavo dal sindaco e mi offrivo di fare qualche conferenza, su argomenti letterari, in cambio di noccioline o altro.»,

«Ma tutta quella strada, sempre a piedi?» faccio io,

«Purtroppo,» mi risponde «ho tentato con l'autostop … ma sai com'è la gente, teme sempre di imbroccare in qualche malintenzionato!»,

«Perché hai scelto proprio questo luogo?» gli chiede mia moglie,

«È la fama che ha, è quella, che mi ha attratto: qui, a terra, c'è di tutto e non morirò mai per mancanza di cibo!»,

«Sì, qui c'è lo *sporco sicuro*, ma un domani che cambi il sindaco?»

gli domando,
«Speriamo che resti, poi, non è detto che anche uno nuovo, mi hanno riferito del precedente …», fa, scuotendo la testa, io non gli ho dato torto e Bakhti, deciso:
«Qui mi sono fermato e qui mi trovo bene, faccio un po' di volontariato in biblioteca, tengo qualche conferenza e ormai, considero questa, la mia città d'adozione.».
È quasi mezzanotte, beviamo ancora qualcosa e, mentre lui mangia le tartine rimaste, ci ripete che qui si trova bene, che la storia del rapimento è ormai dimenticata, e anche quella della fidanzata, che andava un po' con lui e un po' con l'altro, è acqua passata, «Però» ci fa con un sospiro «resto sempre un gabbiano che non sa volare!» e quella frase ci ha procurato tanta tristezza!
Altri dieci minuti di convenevoli, la promessa di rivederci presto e lo accompagniamo fino al portone, un saluto affettuoso e se n'è andato.
Lo seguiamo con lo sguardo mentre s'allontana zampettando, mia moglie si volta verso di me, scuote la testa e con un sospiro:
«Una gran brutta storia!».
Io allargo le braccia e:
«Speriamo che piaccia ai lettori!».

FINE

IL PICCOLO GIULIANO G

In quel mondo, che tutti vorremmo che ci fosse, sono presenti soltanto bambine e bambini. Riuniti in grandi o piccoli gruppi, o soli talvolta, se ne stanno lì, allegri e spensierati: felici in quello spazio celeste. Celeste, azzurro, non saprei: è una distesa di milioni di milioni di nuvole e nuvolette, di differenti tonalità, tra le quali i bambini giocano, cantano, ballano, battono le mani, parlano e si raccontano le favole che i nonni narravano loro. Lì, non si va a letto, non c'è il giorno e la notte: lì si gioca sempre.
I maschi stanno con i maschi e le femmine con le femmine, oppure giocano tutti assieme, come quando fanno il girotondo, c'è chi salta con la corda, ci sono quelli che giocano a *nascondino*, i maschi si divertono col pallone e le femmine con le bambole, ma sono tanti i giochi, perché ciascuno ha insegnato, agli altri bambini, i suoi: quelli che lui faceva quando era sulla terra, .
Poi hanno dovuto lasciarla, ma ricordano tutto, all'infuori di quando e come è avvenuto: se è stato all'improvviso. Se invece se ne sono andati dopo un mese o due, o anche anni di sofferenze, allora dimenticano anche quel periodo, lungo, corto, non importa. Loro rammentano soltanto i momenti belli, gli altri è impossibile perché lassù, il male, la morte, il dolore e tutto ciò che crea cruccio e tristezza non esiste, ne conoscono appena il significato, quel tanto per dispiacersi di chi sulla terra ne soffre.
È un mondo fatto apposta per loro, dove non ci sono che nuvole sulle quali: tanti giocattoli. Questi giocattoli sono a disposizione di chi li vuole; ce ne sono su tutte e loro li prendono, poi li lasciano, poi ne prendono altri e nessuno li rimprovera se li dimenticano in giro; nessuno li sgrida se li rompono.
Gli abiti: portano sempre quello che indossavano quando sono arrivati; perché cambiarli, non sarà il candore dei bambini o quello

delle nuvole a sporcarli. Neppure diventano stretti, i bambini che arrivano là non crescono, non diventano adulti, «A che serve essere grandi» pensa ognuno «è tanto bello così!». Neanche, trovano necessario mangiare, «Ci si diverte di più a giocare.» dicono. E così, non fanno né la pipì né la cacca, «Più tempo per giocare, evviva!» gridano.

A loro piace tanto stare tra quelle nuvole, dove non c'è mai freddo; e neppure caldo, dove anche se cadi, cadi su una nuvola. E loro lo sanno che non ci si può far male, le conoscono troppo bene: sulle nuvole, camminano, corrono, siedono, si inseguono, fanno le capriole, si coricano «Che bello,» dicono «così tenere!». Saltano, felici, dall'una all'altra e se sbagliano, cadono su quella di sotto: soffice come tutte.

In quello spazio azzurro ognuno parla nella propria lingua, ma tutti capiscono. C'è chi arriva vestito bene e chi vestito male, chi ha la catenina d'oro al collo e chi no, ma nessuno di loro ci fa caso, come non danno alcun peso ai colori della pelle «Cosa c'entra se sono di un colore diverso.» dicono.

Là non ci sono pareti, porte, cancelli, loro possono andare dove vogliono: tra quelle nuvole che non finiscono mai. Ciascuno però ha la sua, che è diversa da tutte le altre, non c'è il nome, ma tutti sanno che è la sua.

Come sono fatte: a forma di nuvola, proprio come le nuvole che noi vediamo dalla terra, quando abbiamo il tempo di guardarle.

Ognuna ha un oblò, dalla cornice dorata, tipo quelli delle grosse navi da crociera. È come un telescopio che, anziché guardare su, guarda giù: attraverso quello, ciascun bambino o bambina vede la propria casa, i genitori, gli amici e i parenti, sente i loro discorsi e, se sono tristi, si chiede che fare, perché quelle persone siano meno affrante, perché riacquistino la serenità perduta.

Sanno, queste creature eternamente felici, che quelli piangono per loro, per la loro mancanza e, pur stupendosene, loro stanno tanto bene dove sono, vorrebbero fare delle scappate sulla terra per abbracciarli, specie quelli che stanno più male, quelli che sentono di più la loro mancanza. Questo però non è possibile, perché quelli sono grandi e hanno più forza dei bambini: avvinghiati a loro, non

li lascerebbero più tornare.
I bambini lo sanno; e sanno che il loro posto è lassù.
E sanno anche che da giù non possono vederli; né li possono sentire, se chiedessero, mentre stringono al seno la fotografia di ciascuno, perché piangano tanto, se domandassero che cos'abbiano da essere tristi, mentre loro si divertono un mondo.
E allora, quando ci riescono, gli appaiono nei sogni, dei genitori specialmente, e gli dicono tante cose per consolarli, quei bambini che non conoscono la tristezza. Ma si fanno anche vedere in quelli dei nonni, degli zii e di tutti i parenti.
E pure nei sogni dei cugini e degli amici con i quali si divertivano a giocare, quando erano sulla terra. Li vanno anche a trovare qualche volta, e, assieme, saltano e ridono. Loro hanno a stessa età, non hanno più forza e non possono trattenerli quando devono far ritorno.
O, forse, pure le visite ai bambini sulla terra sono sogni, chissà!
Lassù è diverso, ma qui da noi, il tempo passa, e, attraverso l'oblò, vedono sempre meno persone care: finché non scorgono più nessuno che conoscono, ma è normale e loro che non sanno cos'è la tristezza continuano a giocare felici.
In mezzo a tutti 'sti bimbi di tutto il mondo ci sono cinque italiani, arrivati assieme, proprio nel medesimo istante. Come gli altri, non conoscono il perché siano lì, non se lo chiedono neppure e, come tutti, giocano felici. Sono forse tra i più pronti a fraternizzare, a stringere nuove amicizie: abituati in Libia dov'erano vissuti, tra gli anni Trenta e Quaranta, in quel villaggio vicino al deserto, dove frequentavano la scuola assieme agli arabi, agli ebrei e ai tanti figli di italiani che lì si erano trasferiti, chi per occupare posti statali e chi per fare i coloni, i futuri proprietari di grandi fattorie.
Erano cattolici, islamici e semiti, i bambini che al mattino, tutti insieme, studiavano in quelle aule rinfrescate dai ventilatori a soffitto della Marelli, e nel pomeriggio giocavano nella grande piazza con la maestosa fontana al centro.
Stavano bene in quel paese, dove i locali berberi erano come loro, solo un po' più abbronzati, ci giocavano come con gli altri di tutte e tre le religioni e come col figlio del Signor G, l'Ufficiale di Posta

del paese. Il Piccolo Giuliano era il loro preferito: italiano anche lui. Pure a lui piaceva immensamente stare con loro.
In quel paesino a due passi dal deserto, fatto di villette a un piano, tutte bianche, loro ci stavano bene e ci stavano bene tutti, la località era tranquilla, i raccolti sempre ottimi e la frutta buonissima.
Da un giorno all'altro i visi dei grandi si rabbuiano, se ci sono dei bambini non se ne parla, salvo brevi cenni a possibili perigliosi ritorni in patria. Rammentano solo questo, i cinque amici di Giuliano che poi, all'improvviso, si sono trovati a giocare tra le nuvole.
Dal loro oblò, talvolta scrutano la terra alla ricerca dei genitori, ma invano: erano due famiglie alle quali avevano aggiudicato il Podere numero 75, due fratelli con le rispettive mogli, i loro genitori e i bambini; fratelli e cugini, due femmine e tre maschi.
I loro ultimi ricordi li portano proprio al Podere, mentre si arrotolavano sull'aia, o quando rincorrevano le galline, o mentre sguazzavano nel piccolo rigagnolo tirando la coda alle anatre. Eppure, i cinque bambini, che non sanno che esiste la morte, cercano il babbo, la mamma e i nonni in Italia, tra quelle misere campagne venete, abbandonate per andare a cercare fortuna nelle colonie italiane. Puntano i loro oblò là, dove si parlava di far ritorno e non in Libia, dove le banane, i datteri e tanti altri frutti crescevano rigogliosi.
Mussolini li aveva convinti a trasferirsi in quei luoghi, dove i terreni sono tanto fertili, dove i boschi abbondano di selvaggina, dove esiste un ricco patrimonio idrico, dove l'arancio, il mandarino, il limone, il cedro sono buoni e profumati, come in nessun altro paese del mondo. Un'accurata formazione prima di partire, il viaggio in treno fino a Genova, oltre una settimana di nave e sbarco a Tripoli, da dove vengono smistati nei vari poderi di trenta ettari l'uno. Arrivati, si trovavano tutto pronto: dagli attrezzi al bestiame. Se ne occupava l'Ente Colonizzazione della Libia che dipendeva dal Ministero delle Colonie, ritirava parte del raccolto e curava la contabilità dei singoli poderi. L'ente li seguiva in tutto: questi coraggiosi italiani partiti in cerca di fortuna, dopo venticinque anni, il Podere sarebbe diventato loro!

Molto prima però … siamo nel 1942, ormai è chiaro che la guerra è perduta, da Roma le disposizioni sono di non muoversi, ma il buon senso dice di fuggire da quel paesino, poco distante dal deserto, diventato pericoloso come tutta la Libia, «Abbandonare ogni cosa,» era l'ordine perentorio dei comandanti dei due apparecchi militari, muniti di simbolo della croce rossa italiana, venuti per portarli in salvo «una vita umana è più importante di dieci valigie!» sentenziavano.
Lo temevano tutti quel viaggio, il rischio di essere intercettati dai caccia inglesi era forte: due raffiche di mitraglia al serbatoio e l'aereo avrebbe preso fuoco, nessun margine di salvezza. Le donne pregavano, gli uomini lo facevano entro di sé e i bambini piangevano.
Uno degli aerei ha dei problemi al carrello, ci vorrà un'ora di lavoro per la riparazione. L'altro decolla, sono in quaranta, tra pilota, medico del paese, farmacista della località vicina e levatrice, tutti con le famiglie e tutte numerose, come voleva il Duce. Poi ci sono i vari coloni, tra cui quelli del Podere numero 75: i nonni, i genitori e i cinque amici di Giuliano che ora sono lassù.
Lui era nell'altro con la mamma, il papà, gli zii e i nonni, poi il parroco del paese, i coloni di alcuni poderi vicini, tre suore, un commerciante e altri, anche loro all'incirca in quaranta, ai quali invece è andata bene, alle diciassette e dodici minuti il comandante ha dato il *cessato pericolo.*
Il primo invece ... è accaduto quando l'altro apparecchi era ancora fermo. Collegati via radio, il Comandante e quelli vicini a lui hanno udito grida, voci concitate, alcuni "*Ci attaccano!*" poi più nulla. Lui non disse una parola, il raggio che descrisse due volte con la mano destra, a mo' di saluto al collega e amico, e agli occupanti tutti, fu sufficiente perché quelli del suo aereo comprendessero il dramma accaduto.
Ma il Piccolo Giuliano dormiva e nessuno, poi, ebbe il coraggio di dirgli che l'aereo era stato abbattuto, che tutti gli occupanti erano morti, compreso i cinque bambini del Podere numero 75.
Erano i suoi amici preferiti, ogni domenica gli portavano i datteri che raccoglievano nella loro terra e la mamma di Giuliano li fa-

ceva accomodare nell'abitazione dietro l'ufficio postale e offriva loro la cioccolata in tazza con i biscotti fatti da lei.
Talvolta c'era il papà, il severo direttore dell'Ufficio Postale: il Signor G, con loro era sempre gentile, anche se un po' burbero e i cinque bambini ne avevano soggezione.
Spesso era Giuliano che andava dagli amici in campagna, gli piaceva tirare la coda alle mucche, correre dietro alle oche e guardare i pulcini. E quella volta che è arrivato mentre il nonno dei cinque stava uccidendo un coniglio: «Lui è cattivo.» ha detto piangendo.
Dieci minuti dopo il cessato pericolo, sono atterrati sulla pista di Galatina vicino a Lecce, da lì, in treno: chi da un parente, chi da un altro. Erano scappati dalla Libia con quello che portavano indosso e con una valigia, avevano perso tutto, ma sono stati aiutati: dai congiunti e dallo Stato. Il Signor G è stato assunto come direttore dell'Ufficio Postale di un paesino del Modenese e gli hanno messo a disposizione la villetta attigua, dove è andato ad abitare con la moglie e il Piccolo Giuliano. Erano contenti, si erano sistemati bene, il fabbricato disponeva di un giardino tutto per loro.
Ma il Piccolo Giuliano voleva andarli a trovare dove abitavano: i suoi cinque amici, «Saranno tornati nel Veneto.» diceva, e nessuno aveva il coraggio di dirgli che l'aereo che li riportava in Italia era stato abbattuto.
Ma il Piccolo Giuliano domandava dov'erano i suoi cinque amici, e nessuno aveva il coraggio di dirgli che non hanno trovato neppure alcuni frammenti.
Ma il Piccolo Giuliano insisteva per sapere dei suoi cinque amici, e nessuno aveva il coraggio di dirgli che non li avrebbe visti mai più.
Ma il Piccolo Giuliano chiedeva di continuo dei suoi cinque amici, e nessuno aveva il coraggio di dirgli che erano morti.
È accaduto una domenica: i Signori G avevano invitato a pranzo una coppia di amici, anche loro avevano un bambino circa della sua stessa età e i due avevano fatto presto amicizia. Erano a tavola tutti e sei e il discorso è caduto sul colonialismo, sull'Africa, su Mussolini, allora ancora in vita, e sul periodo trascorso in Libia.
Si è protratto, tale discorso, oltre la scelta dei bambini di andare a

giocare nel giardinetto a fianco.
Se ne stavano, i rispettivi genitori, in salotto per il tradizionale caffè e per la sigaretta: allora fumavano quasi tutti, ben pochi non tenevano in tasca il pacchetto e l'accendino a benzina, oppure i cerini. Approfittando dell'assenza dei figli, hanno narrato la fuga dalla Libia in tutta la sua crudezza, coi due aerei di cui uno abbattuto, «Che avrà certamente preso fuoco, neppure hanno trovato qualche frammento!» ha precisato il Signor G. Hanno espresso la speranza che tutto fosse avvenuto in pochi istanti, che neppure se ne fossero accorti e hanno confessato di non aver mai avuto il coraggio di dire la verità a Giuliano, grande amico dei cinque bambini, presenti nell'aereo colpito.
Mentre il papà raccontava, il Piccolo Giuliano, che aveva deciso di rientrare, forse per prendere un gioco o altro, si è trovato sulla porta; dimentico dell'amico, si è fermato e, nascosto dietro lo stipite, ha udito tutto.
Poi è ritornato in giardino, ha ripreso a giocare, ma era di umore diverso. Avevano fatto la pista a terra e con l'unghia del medio o dell'indice, che scattava dopo averlo trattenuto col polpastrello del pollice, colpivano i coperchietti delle bottiglie di bibita. Vinceva chi arrivava primo al traguardo, che pure avevano disegnato a terra.
Il Piccolo Giuliano ha perso due partite, poi «Non ho più voglia di giocare,» e tra sé: «L'aereo che riportava in Italia i miei cinque amici è stato abbattuto!», «Non hanno trovato neppure alcuni frammenti!», «Non li rivedrò mai più!», «I miei cinque amici sono morti!».
Ed è salito nella sua stanza mentre l'altro, steso a terra, ha continuato a giocare da solo.
Alle diciassette, gli ospiti si sono alzati per andarsene:
«Vi ringrazio per l'ottimo pranzo!»,
«E per la gradita compagnia.»,
«Per noi è stato un piacere!»,
«Lei Signora» allora, prima di arrivare al "*tu*" ... ce ne voleva! «è una bravissima cuoca!»,
«Niente di speciale, due cosine, prese dall'*Artusi*!»

«Era tutto ottimo!»,
«Anche mia moglie se la cava e, se siete liberi, domenica saremo lieti di avervi ospiti da noi.»,
«Con vivo piacere!».
E invece non ci sono andati.
Attraversando lo spazio che li conduce al cancellino di uscita, vedono il bambino che gioca da solo.
«Dov'è Giuliano?»,
«Boh, se n'è andato, credo nella sua camera, aveva il viso imbronciato.»,
«Avete litigato?»
«No, no, ma era serio, ha fatto due partite poi non l'ho più visto!».
I genitori sorridono e «Benedetto bambino! Vediamo cos'ha. Allora ... ci si vede domenica, e grazie per l'invito!»,
«Grazie a voi per l'eccellente pranzo.», uno scambio di "Arrivederci" e se ne sono andati.
Preoccupati, i Signori G si recano nella sua stanza. È coricato sul letto, rannicchiato, con le braccine che gli coprono il viso, come per non vederli, gli parlano e non risponde. E non ha risposto la sera quando è sceso per la cena e così il giorno dopo, mentre faceva colazione; anche a scuola, la maestra lo ha trovato diverso dal solito.
Non parla: con lei, con i compagni e con nessuno. A casa, fa i compiti e poi si chiude nella sua stanza, non c'è la chiave e la mamma va spesso a trovarlo, ma lui, rannicchiato nel suo lettino, non le risponde.
Domenica annullano l'invito:
«Il nostro Giuliano è strano, non parla, non capiamo cos'abbia, scusateci ma non ce la sentiamo di venire.»,
«Ci dispiace, ma vedrete che gli passerà presto.»,
«Siamo molto preoccupati! Non capiamo che gli stia accadendo.».
A casa era coccolato, gli preparavano i cibi che amava di più, in un paese, a dieci chilometri, ci sono state le giostre e ve lo hanno portato. Non avevano l'auto e il papà l'ha presa a noleggio.
Tutto inutile: sempre triste, sempre muto, e i genitori che non capivano. Erano disperati; e lui, chiuso nella sua stanza, che pensava:

«L'aereo che riportava in Italia i miei cinque amici è stato abbattuto!», «Non hanno trovato neppure alcuni frammenti!», «Non li rivedrò mai più!», «I miei cinque amici sono morti!».
Lo hanno portato dal medico che non ci ha capito niente; chiuso nel suo mutismo, Giuliano rispondeva a tutti con dei "*sì*" e con dei "*no*". Non un sorriso, non una frase; studiava, alle domande della maestra sapeva quasi sempre rispondere, ma se la stessa gli chiedeva «Cos'hai fatto domenica?», «Niente.» rispondeva con un'alzata di spalle e quel viso sempre più mesto.
Neppure, con i compagni di scuola, parlava, né con gli amici, né con le amichette, poche: allora non c'erano le classi miste. Soltanto *sì* e *No* sembrava saper dire.
I mesi passavano e il piccolo Giuliano era sempre triste, terminate le scuole, erano andati in vacanza al mare, luglio e agosto a Cesenatico, non aveva fatto amici, se ne stava sempre accanto alla mamma, lei distesa sulla sdraio, lui seduto sulla sabbia, con un qualche giornaletto che sfogliava distrattamente. E pensava: «L'aereo che riportava in Italia i miei cinque amici è stato abbattuto!», «Non hanno trovato neppure alcuni frammenti!», «Non li rivedrò mai più!», «I miei cinque amici sono morti!».
Al sabato arrivava il papà, uscivano a prendere il gelato che gli era sempre piaciuto tanto, lo mangiava svogliatamente e se gli proponevano di andare a vedere le giostre «Come volete.» faceva.
Ritornano a casa, riprendono le scuole: nulla è cambiato. Il Parroco conosceva bene i Signori G e non di rado li andava a trovare, spesso tentava di parlare a Giuliano, ma invano, gli rispondeva a monosillabi, col solito viso triste.
Il medico se l'era cavata con un "È un forte esaurimento nervoso.".
La maestra allargava le braccia e scuotendo il capo: «Non so proprio che dire!». E Giuliano tra sé: «L'aereo che riportava in Italia i miei cinque amici è stato abbattuto!», «Non hanno trovato neppure alcuni frammenti!», «Non li rivedrò mai più!», «I miei cinque amici sono morti!» ripeteva tra sé.
Non ci capiva niente nessuno! Neppure loro.
Neppure i cinque bambini soliti saltare felici tra le nuvole e che tanto hanno giocato con lui, là in Libia; spesso lo guardavano, cia-

scuno dal proprio oblò e non comprendevano perché, da un po', fosse tanto triste.
Era diverso da quando, da lassù, lo avevano visto la prima volta; è stata Rachele, la maggiore delle due cugine, lo ha detto a Vittorio e a Benito, poi anche Italo e Iolanda lo hanno saputo. Non stanno sempre assieme, sono tanti i bambini con i quali giocano, ma se uno di loro vuole dire una cosa a un altro, gli basta chiamarlo e lui sente anche se si trova su una nuvola lontanissima; e in pochi attimi arriva.
Stava cercando i nonni e i genitori, quando l'ha visto, è stato un caso, basta muovere la nuvoletta perché l'oblò guardi verso altre direzioni. Rachele, quasi ogni giorno dava un'occhiata nel Veneto, quella volta, dopo aver guardato invano come sempre, gli venne in mente di vedere come andavano le cose in Libia, una pura curiosità, lassù tra le nuvole non sanno niente della guerra: la stessa parola è sconosciuta per loro. Ruotando l'oblò, ha visto, vicino a Modena, nell'Ufficio Postale di un paese della provincia, il Signor G; a loro, che vedono anche attraverso i muri, non è stato difficile. Rachele ha guardato un po' attorno, finché ha trovato il loro indimenticabile amico, l'ha detto a Vittorio e dopo dieci minuti lo sapevano tutti, erano felici, avrebbero voluto abbracciarlo.
Piaceva a ognuno di loro guardarlo, sentire quello che diceva, gli facevano "*ciao ciao*" con la mano, anche se sapevano che lui non avrebbe potuto né vederli né sentirli. Gli volevano bene e non passava giorno che non gli facessero un saluto.
Giuliano, a scuola, era tra i primi e loro ne erano lieti, anche se: «Poverino, noi giochiamo sempre» dicevano «e a lui tocca andare a scuola tutti i giorni!».
Sentivano che a volte chiedeva di loro, ma non gli davano peso.
Poi quella domenica: stavano tutti e cinque saltando sulle nuvole, quando il Piccolo Giuliano ha scoperto la verità; e per loro è stata una sorpresa vederlo nel tardo pomeriggio così giù. Poi il giorno dopo, e l'altro ancora, e ancora l'altro. Non ne comprendevano la ragione e soffrivano, scorgendolo in quello stato, era chiaro che non stava facendo i capricci. Erano tanto dispiaciuti quando lo vedevano chiuso nella sua stanza, ancora più serio, che piangeva

mentre pensava: «L'aereo che riportava in Italia i miei cinque amici è stato abbattuto!», «Non hanno trovato neppure alcuni frammenti!», «Non li rivedrò mai più!», «I miei cinque amici sono morti!».
Una sera, più affranto del solito, disteso nel suo letto, quelle quattro frasi che ripeteva mentalmente di continuo le ha dette forte, sia pure tra i singhiozzi. Iolanda, che dalla sua nuvoletta lo stava guardando, ha sentito e ha riferite alla cugina Rachele, poi a Italo, e dopo a Benito e a Vittorio.
Lassù non esistono le bugie ed è stato come se tutti e cinque lo avessero visto.
Seduti su di una grande nuvola, ragionano tra loro, discutono cercando di comprendere la causa della sua tristezza, il perché Giuliano pianga tanto:
«Dice che siamo morti.»,
«E cosa vuol dire essere morti?»,
«Sarà una brutta cosa» fa Iolanda «perché mentre dice quella parola, singhiozza più forte.»,
«Noi qui stiamo bene,» fa Vittorio «è tanto bello!»,
«Più che sulla terra,» sentenzia Rachele «dove tutti i giorni la mamma mi faceva lavare i piatti.»,
«E poi» aggiunge Benito «là si doveva andare a scuola!»,
«Ricordate» dice Italo «tutti i pizzichi di zanzara, io, qui, non ne ho preso uno!»,
«E le belle bambole che ci sono,» fa la cugina «io, sulla terra, ne ho avuta una sola, che era ancora di mia nonna!»,
«E la maestra, come era cattiva!»,
«Ci sgridava! E a me una volta ha dato uno schiaffo!»,
«Qui,» pontifica Vittorio «mai nessuno mi ha picchiato.»,
«Povero Giuliano» esclama Iolanda «crederà che quassù si stia male.»,
«E siccome è tanto buono,» aggiunge Rachele «piange per noi!»,
«E noi andiamo a dirglielo, che è bello stare qui.» fa Vittorio, il maggiore dei cinque «Gli spiegheremo tutto.».
La proposta è stata accolta con applausi e bacini di Iolanda e Rachele.

È il 24 dicembre, domani sarà il secondo Natale che la Famiglia G trascorre in Italia, ma sanno bene che sarà il più triste, sono otto mesi che il Piccolo Giuliano sembra aver perso la voglia di vivere. Immerso in una perenne apatia, vegeta, i genitori che lo adorano sono disperati; in un estremo tentativo, gli comprano un'infinità di regali che l'indomani gli diranno che ha portato Gesù Bambino, allora Babbo Natale non era ancora arrivato in Italia.
Incartandoli e disponendoli sul camino:
«Chissà» ha detto la mamma «che non si scuota da questa inspiegabile apatia!»,
«Magari,» le risponde il marito scuotendo il capo «resterà indifferente come davanti alle giostre, ai gelati, al mare e a tutto.».
Lassù gli amici di Giuliano hanno legato, l'una all'altra, un milione di nuvole con i giochi sopra, seduti sulle prime cinque, le hanno portate tutte in quel paesino in provincia di Modena, fin dentro la stanza. O sono solo entrati nel sogno, chissà:
«Ciao» gli hanno detto l'uno o l'altra, non importa, «siamo qua, avevamo voglia di vederti.»,
«Siete proprio voi!»,
«Noi, e ti abbiamo portato a vedere un pezzo del mondo nel quale stiamo.»,
«Con tutti quei giochi!»,
«Anche di più, li prendiamo, poi ne prendiamo degli altri, poi li lasciamo in giro, li rompiamo: e nessuno ci sgrida!»,
«Tutto il giorno giocate?»,
«Sempre, non si va mica a scuola in quel mondo lassù.»,
«E quando mangiate?»,
«Mai.»,
«Allora non c'è bisogno di lavarsi le mani, che bello!».
E facendo queste domande camminava, correva, giocava tra le nuvole, ci faceva le capriole «Come sono tenere.» diceva «Beati voi!».
E continua a chiedere, sempre più curioso:
«Ma quante sono!»,
«Un milione.»,
«E le lasciate a me?»,

«No, le portiamo lassù assieme a tutte le altre.»,
«Abbiamo voluto soltanto fartele vedere, fra poco ce ne andiamo e loro verranno con noi.»,
«Portate anche me lassù, con a voi?»,
«No, non è possibile,»,
«E quando potrò venire?»,
«Chissà?»,
«Non siamo noi a deciderlo.»,
«E neppure tu.»,
«Che bello sarebbe venire in quel assieme a tutti voi!»,
«E giocare come allora!».
E si sono lasciati felici tutti sei, dopo tanti "*Ciao*".
È il 25 dicembre, Giuliano si sveglia sorridente, scende le scale e vede la mamma, il babbo e quella distesa di doni,
«Quanti! Posso aprirli subito?», fa, battendo le mani, «Prima di andarmi a vestire?»,
«Certamente, come vuoi tu,» gli hanno risposto felici e lui li ha baciati.
Nel pomeriggio ha invitato i suoi amici del paese, ha mostrato i tanti doni e: «Giocate, sono di tutti.» e tra sé «Come è lassù!».

....

Giuliano poi non c'è andato lassù, è diventato grande, si è sposato e ora è un vecchio noioso che tante volte racconta la storia dei due aerei, uno abbattuto dal fuoco nemico e finito in fiamme e l'altro, con lui e tutta la Famiglia G, salvi, grazie a un carrello che non funzionava.
Perché quello è un fatto vero, come sono veri gli anni trascorsi in Libia. Il resto della storia … è tutto inventato, però, lasciate che ci creda e penso che, crederci, sia bello per tutti.

FINE

Terminato questo racconto, ho capito quale sollievo potrebbe arrecare a chi ha perso un figlio, se hai un amico che ha subito una così tremenda tragedia, faglielo leggere, credo che possano ricavarne un po' di conforto.

UN UOMO TRANQUILLO

È un tipo compiacente, disponibile, remissivo, tollerante e sempre pronto a trovare un accordo: l'ideale per una moglie. È nato a Sannazzaro de' Burgondi che, nell'autobiografia da lui iniziata e ferma a pagina due, ha descritto come ridente località di cinquemila e quattrocento abitanti, lambita dalle acque del Po e da quelle del torrente Agogna.
In realtà, il paese dista trentaquattro chilometri da Pavia che è considerata, secondo alcuni sondaggi, la città peggio vivibile d'Italia, il clima è umido per le tante risaie attorno e per il Po che lo costeggia, l'estate è afosa con mosche e zanzare, d'inverno la nebbia è perenne. Ed è situata accanto a una grossa raffineria che inquina.
Da poco in pensione, Alberto era andato a Bologna a trovare alcuni parenti e a rivedere la città, dove aveva trascorso parte della gioventù, la moglie non aveva voluto accompagnarlo, «Sono parenti tuoi.» gli ha detto. Ha un carattere un po' difficile, ma è bella e giovane, vent'anni meno di lui. Alberto se n'è invaghito e, benché in tanti l'avessero sconsigliato, ha voluto sposarla. Ha un carattere opposto al suo e poi si dice anche … ma lui non ha mai voluto crederci.
È arrivato a Bologna mercoledì mattina, e giovedì, nel pomeriggio, ha fatto ritorno.
Salito sul treno, chi si trova di fronte? «Il Professor Lucillo Cucchiariotto.», penserete tutti voi: no, sedeva innanzi a lui uno che poi si è qualificato come imprenditore, con fabbrica e abitazione in Brianza.
Il cenno a un inchino e, in risposta a quello che si era presentato come Franco Rossi, lui: «Piacere Alberto.»,
«Da Giussano?» domanda il compagno di viaggio. In realtà il nostro protagonista è nato, come ho scritto, a Sannazzaro de' Bur-

gondi, lui però ama assecondare il prossimo e, rispondendogli "*Sì, sono proprio di Giussano.*", entro di sé, ha provato un immenso piacere, alla vista del viso di Franco Rossi illuminarsi, orgoglioso di aver indovinato il suo, tra i settemila e novecento quattro comuni esistenti in Italia. Alberto è un tipo fatto così, avete presente quelli che se insisti un po' ti lavano anche l'automobile? Lui non diceva di no a nessuno. E anche i genitori erano così: il padre, il nonno, e anche la madre.

Torniamo al fatto, si trovavano sul Frecciarossa che porta a Milano, Alberto, come ho scritto, era salito a Bologna. L'altro, non lo so.

Franco Rossi, forte di aver indovinato il paese d'origine, si cimenta di nuovo e, con la sicurezza di chi ha già azzeccato una volta: «Immagino che anche lei sia diretto a Milano.».

Alberto si sarebbe dovuto fermare prima: abita con la moglie in una località sulle colline del piacentino,vicina al capoluogo, ma non se l'è sentita di deluderlo, «Se lo sta immaginando con tanta sicurezza!» ha pensato, e gli ha risposto di sì. E quando l'altro ha continuato: «Per poi prendere il mezzo che la conduce a Giussano.», ha pure risposto di sì.

Poi si reca alla toilette e telefona alla moglie accennando a un contrattempo di cui le spiegherà domani al suo arrivo, la donna si arrabbia un po', ma non troppo e gli chiede a che ora arriverà, «Non lo so ancora.» le ha risposto col suo solito fare gentile e tranquillo ed è tornato a sedere accanto a Franco Rossi.

Quello gli sorride e gli fa «Sa cosa ho pensato: io ho l'autista che mi aspetta alla stazione per condurmi in alta Brianza, dove ho la *fabrichéta e la villa*, gli faccio fare una piccola deviazione e l'accompagno a Giussano fino a casa sua, salgo con lei, mi presenta la sua signora e, sorseggiando un analcolico o altro, ci accordiamo per vederci domenica prossima, io, lei, sua moglie e la mia. Conosco un ristorante, dove si mangia divinamente: ovvio che *paghi mi.*» fa da tipico industriale meneghino.

Preso così alla sprovvista: «Potrebbe essere un'idea.» risponde, finge di cercare qualcosa, tanto per prendere tempo, e tra sé «Trovare un'abitazione a Giussano, sì, conosco un bravo immobiliari-

sta della zona, potrei chiamarlo subito: torno in bagno e da lì ... però … far venire mia moglie, convincerla, organizzare il trasloco, tutto in un'ora è impensabile.
E allora, rivolto all'altro: «Sarò franco …»,
«Come Franco,» mi fa lui «Se prima mi dice di chiamarsi Alberto, Franco sono io, poi, cos'è questo *sarò* … o lo è o non lo è, salvo che abbia intenzione di iniziare la pratica in prefettura per cambiar nome, campa cavallo!»,
«Ma no, Franco nel senso di, di franco.»,
«Appunto, Franco, ma Franco sono io, vuol capirla: lei è Alberto!»,
«E lo confermo, il mio nome è Alberto,» risponde con tono conciliante «anzi, se le può far piacere, io faccio Alberto anche di cognome!».
Troverete strano questo cognome, in realtà il nome di famiglia era Alberti, ma quando Alberto aveva tre o quattro anni, suo padre ha ricevuto una diffida da un'importante società di Benevento che produce alcolici e i genitori, come ho scritto, anche loro gente tranquilla e contraria a litigare, hanno cambiato il cognome da Alberti ad Alberto. Quelli hanno regalato loro una scatola di bottiglie di liquore, il padre ha ringraziato e, pur astemio, le ha bevute tutte sei e ogni cosa si è appianata.
Anche ad Alberto interessa ben poco di avere nome e cognome uguali, anzi: spesso scherza su tale anomalia e quando deve mettere una firma, domanda sorridendo «Preferisce che metta prima il nome o il cognome?».
Torniamo ai due viaggiatori: non c'è stato niente da fare, l'altro è andato su tutte le furie scendendo a male parole e imprecazioni in dialetto lombardo, Alberto, che è un tipo tranquillo, non ha reagito e Franco Rossi non gli ha più rivolto la parola. Questo fatto, accaduto attorno a Fidenza, lo fa decidere a scendere alla stazione di Piacenza dov'era destinato: accenna a un saluto al quale Franco non risponde, salvo un "*va, va, va a ciapà i ratt*", tipica espressione milanese, da lui proferita con tono rancoroso. Per chi non lo sapesse i rat sono i topi: una volta esistevano quelli che, muniti di trappole, veleni o altro, li catturavano per conto di chi ne aveva

l'abitazione infestata.
Tornando al fatto, Alberto se ne è dispiaciuto perché, in fondo, lo trovava simpatico quell'imprenditore brianzolo. E piaceva anche a me, quale autore, e spero a tutti voi: e invece se n'è uscito dalla storia per non rientrarvi mai più. Peccato!
Lasciata la stazione, chi incontra? «Il Professor Lucillo Cucchiariotto.», penserete tutti voi: no amici miei, incontra un tale che gli chiede un euro, Alberto estrae il portafogli, ma non ha che una moneta da due, si scusa, quello gli risponde che va bene ugualmente e Alberto gliela dà.
Prende il taxi e, dopo neppure venti minuti, è a casa, la moglie è già in vestaglia e Alberto, tra sé, «Solitamente, se non c'è qualcosa in TV che le piaccia, cena e va a letto di cattivo umore, forse è per quello che si è arrabbiata, quando le ho detto che 'sta notte non sarei rientrato.».
La donna infatti lo accoglie di pessimo umore. E, non celando la sorpresa, in tono adirato gli fa: «Ho capito tutto, avevi l'appuntamento per questa sera con una qualche *sgualdrinella*, poi lei ti ha fatto *il bidone* e così sei tornato a casa, hai ripiegato qui da tua moglie, sempre buona e brava. Vattene e non farti vedere fino a domani, finché non mi sarò un po' sbollita.».
Alberto, per non litigare, lui è fatto così e voi ormai lo conoscete, «Va bene, come vuoi tu, ora chiamo il taxi e me ne vado: torno domani,» le fa, e, tanto per mostrarsi gentile, «metto io la valigia in camera, pesa e non voglio che ti affatichi.»,
«Lasciala» sentenzia quasi urlando «ci penso io: prima te ne vai, meglio è: la tua presenza mi dà ai nervi!»,
«Non voglio che ti disturbi,» fa Alberto, con fare conciliante, «ci metto tanto poco!» e, senza darle il tempo di rispondere, entra nella stanza, mentre lei lo segue; e chi ci trova? «Il Professor Lucillo Cucchiariotto.» penserete tutti voi: macché, nel letto, dove usualmente dorme lui con la moglie, vede un giovane aitante.
Alberto è sorpreso e, rivolto alla donna, chiede, «E lui che ci fa?»,
«Niente,» risponde lei con indifferenza «è un amico, siamo come fratello e sorella.»,
«Non ho mai saputo» fa Alberto con tono di pacata incredulità «di

fratelli e sorelle nel medesimo letto e neppure di amici.». C'è voluto l'intervento di quello che chiamerò Terzo Uomo, per calmarlo. Del Terzo, nel contesto della storia, perché nell'ottica del fatto verificatosi sarebbe più giusto chiamarlo del Secondo, avrei anche potuto dire del Quarto se avessi calcolato quello dell'euro che poi ne ha accettato due. Oppure, potevo scrivere *del Terzo Uomo nel letto*, ma sarebbe come dire che ce ne sono già due e invece lui è il solo.

Io cerco sempre di essere preciso, di spiegarmi senza dare spazio a dubbi, ma vi assicuro che è dura, talvolta invidio i fumettisti, loro: due tratti a matita ed è tutto chiaro. Noi poveri scrittori, se vogliamo passare ai posteri, dobbiamo esporre con chiarezza, scendere nei particolari per non dare adito a malintesi e, il tutto, rispettando uno stile elegante, sobrio e accurato.

Teniamo buona la prima definizione e torniamo alla storia, c'è voluto l'intervento del Terzo Uomo per calmarlo:

«Guardi che è proprio così, tra noi non c'è nulla, parola di gentiluomo!» ha detto, mentre la moglie se ne andava.

Non permettendosi di dubitare della parola d'un gentiluomo, Alberto ha preso atto, convinto. Rimasto solo con lui, col gentiluomo, per spiegarci, si è seduto sulla poltroncina di fianco al letto, si sono presentati e hanno chiacchierato, gli ha narrato del tipo conosciuto in treno, quel Franco Rossi che pretendeva l'esclusiva del nome e hanno riso allegramente. Poi:

«Se desidera alzarsi non faccia complimenti.»,

«Beh … così … ma sì, tanto siamo tra uomini!» ed esce dal letto completamente nudo, lo prega di porgergli gli abiti che si trovano sul servo muto e Alberto si affretta, «Grazie,» gli fa e: «slip e maglietta li avrò buttati per terra, li cerchi per favore.». Alberto, chino verso il pavimento, guarda in giro, li trova e glieli porge.

Quello li infila e, terminato di vestirsi, si specchia compiaciuto. Indossa una giacca sfoderata su di una camicia di lino bianca, jeans e scarpe da tennis senza calze.

Lasciano assieme la camera; «Casual elegante. Si vede che è una persona per bene.», pensa Alberto, e rivolto a lui gli fa «Io esco, mi accompagna?»,

«Volentieri» fa lui «Non avevo alcuna voglia di recarmi subito a casa, io abito a Piacenza.»,
«Se mi dà un passaggio approfitterei, stavo per chiamare il taxi, io dormo in albergo, non ho ancora prenotato, ma spero di trovar posto. Mia moglie, la solita gelosa,» gli fa Alberto dirigendosi con lui verso l'uscita di casa «mi ha fatto una scena delle sue, mi ha detto di andarmene e tornare domattina, quando sarà sbollita.»,
«Ah beh, se è così ... quasi quasi, mi fer...».
La moglie che passava di lì sente: «Adesso non esageriamo!» pensa e fa, come se parlasse da sola, «Ho una forte emicrania, non cenerò neppure.» e Alberto tra sé «Comprendo ora il perché si sia mostrata tanto irascibile.» e le consiglia una compressa di Moment.
Lei allora: «Bell'idea,» gli fa «poi me n'andrò subito a letto.».
Il tipo, ormai battezzato Terzo Uomo, torna sulla decisione di andarsene: i due escono e salgono in auto. Si fermano in centro e siedono in un bar, Alberto offre l'aperitivo e chiacchierano del più e del meno.
In realtà hanno parlato di tutt'altro, mi sono più volte chiesto come si possa impostare una conversazione basata su due simboli aritmetici: un *più* e un *meno*! Aggiungi pure anche un *per* e un *diviso*, ma resterà sempre un dialogare arido, povero di contenuti e che non dà certo la possibilità di allargare i propri orizzonti. Questo, a mio dire, da modesto comunicatore; magari illustri matematici e dotti intellettuali mi smentiranno, però, quella volta che ho proposto a mia cognata, professoressa di matematica, non illustre, ma ben considerata dalla Dirigente, di discorrere del più e del meno, trascorsi due minuti, avevamo già finito.
Torniamo ad Alberto e a quel signore da poco alzatosi dal letto nel quale solitamente dorme il suddetto Alberto, discorrono di tante cose, tra cui delle rispettive professioni. Mentre quello si qualifica come *businessman*, il nostro gli dice di aver lavorato sempre nella grafica e nella pubblicità e gli fa:
«Sa quel grosso stabilimento, prima di entrare in città, quello a destra con l'ingresso maestoso tutto in marmo e la cancellata d'acciaio? Lì io ero responsabile dell'ufficio marketing. È a solo quin-

dici minuti di strada da dove abito: comodissimo!»,
«È proprio comodo il suo letto!» fa l'altro con un sorriso di ammirazione, «Dormirci o farci altro è un vero piacere!»,
«Modestamente,» fa Alberto «è dotato del materasso più premiato d'Europa: traspirante e antiacaro; pensi che è garantito per dieci anni! Assicura il miglior confort e libera dai dolori alla schiena.»,
«Non stento a crederla, ci stavo di un bene che, quando lei è arrivato e mi sono dovuto alzare, l'ho fatto a malincuore!»,
«Sono materassi di un certo prezzo, che non tutti si possono permettere. Riservati a chi il riposo lo considera un diritto!»,
«Complimenti, starsene lì nel suo letto era un piacere senza eguale!»,
«Poi è doppio,» fa Alberto «e per certe cose … lei mi capisce.»,
«Per quelle, va benissimo! Posso assicurarglielo pure io.».
Alberto con accento orgoglioso «Quando l'ho acquistato, ho suggerito questa frase pubblicitaria a chi me l'ha venduto:
"*Se sei magro, medio o grasso,*
prova il nostro materasso!
Per far sesso o per dormire
è un piacere da morire.
Per provarlo da noi c'è
*chi si stende accanto a t*e."
e lui l'ha apprezzata, l'ha pure riferita alla direzione che, suo tramite, si è congratulata con me.»,
«Vorrei dire!» fa il Terzo Uomo «È bellissima, complimenti, si capisce che è uscita dalla mente di un uomo di marketing! Potrebbe essere una réclame per una nuova attività.»,
«La pubblicità è sempre stata la mia passione, io sono un creativo e forse avrei potuto pure diventare uno scrittore o sceneggiatore famoso. Vede, io ho cercato di comprendere il prodotto, di capirlo, di provarlo, di apprezzarne i lati positivi, poi mi è arrivata l'ispirazione.»,
«E ha creato questo *consiglio per gli acquisti* in rima che innegabilmente resta impressa nella mente.»,
«È vero, non faccio per vantarmi, ma non credo che in tanti avrebbero avuto una tale pensata!»,

«Bravo!» fa l’altro, il gentiluomo per intenderci,
«Mi sono concentrato e poi l’ho scritta di getto, in due ore, ma quando l’ho riferita a chi mi ha venduto i materassi, le ripeto che si sono congratulati!»,
«Lo credo bene, ciò che conta è lavorare su di un prodotto valido come lo sono i suoi materassi … anzi, se permette, vorrei approfittare: qualche notte, quando lei è in viaggio, sempre che non sia di disturbo alla sua signora, mi piacerebbe gustarmi il suo letto.».
Alberto non se la sente di contrariarlo e così:
«L’Ospite è sacro e lei sarà il benvenuto!».
Quello che ho definito Terzo Uomo si abbandona a un sorriso aperto e cordiale e propone ad Alberto di cenare assieme. Si sono recati in un’elegante locale alle spalle del Duomo, hanno mangiato e parlato di ristoranti, di chef famosi e di piatti prelibati.
Al momento di pagare i due hanno avvicinato la mano alla tasca. Con espressione inorridita, quello che ha avanzato la proposta:
«Non sia mai! Sono stato io a proporlo.»,
«No,» fa Alberto «ho affermato ora che lei è l’ospite.»,
«Non lo permetto!» fa lui «E non insista!»,
«Sa,» risponde «la prima volta che mi trovo con una persona, è mia abitudine essere io …»,
«La prego,» sentenzia con tono indignato «mi offenderei mortalmente!».
E continua questo scambio di battute, finché Alberto, conciliante come sempre, comincia a dar segni di resa, il tono delle sue risposte diventa blando, ormai è lampante la decisione di permettere al Terzo Uomo di pagare, questi allora:
«E va bene, ha vinto lei, ma la prossima volta offrirò io e andremo nel locale più bello dell’Emilia.». Ha ringraziato, si sono alzati, sono usciti e ciascuno ha preso la propria strada.
Alberto Alberto si è diretto verso il centro e chi ci trova? «Il Professor Lucillo Cucchiariotto.» penserete tutti voi: no, miei cari lettori, ha trovato il tale che, alcune ore prima, gli ha domandato un euro, lui però aveva solo una moneta da due … ma ricorderete di certo. Come allora, «Scusi mi darebbe un euro?». Alberto estrae il portafogli, guarda, dove tiene le monete, cerca: «Un euro, un

euro, un euro,» poi sorridendo «questa volta è stato fortunato, tra le tante monete da due euro, sono riuscito a trovarne una da un euro, come voleva lei.».
L'altro, non sorridendo, la ritira e la mette in tasca.
Alberto vede un albergo, entra e chiede una stanza,
«Con vista città o vista palazzo?»,
«Mi spieghi» fa Alberto e aggiunge «e mi dica i prezzi.»,
«Lei si affaccia e vede il palazzo di fronte.»,
«Quello vecchio e scrostato?» domanda Alberto,
«Si, lo hanno costruito ancora prima della guerra» fa l'impiegato dell'Hotel «e non lo hanno mai restaurato. Ebbene, per questa stanza, sono centosessanta euro prima colazione inclusa.»,
«Se ne preferisce una con vista sulla città, in tutta la sua estensione e bellezza, sono cinque milioni e centosessanta euro, prima colazione esclusa.»,
«Perché tanta differenza?»,
«Se desidera la vista città, siamo costretti ad acquistare e demolire il palazzo di cui le ho detto.»,
«E vada per il palazzo scrostato,» fa Alberto allargando le braccia «vuol dire che affacciandomi chiuderò gli occhi.»,
«Io neppure mi affaccerei.» fa l'impiegato dell'hotel.
Alberto accetta il consiglio e ringrazia. Sale, si spoglia e si stende; i materassi non sono come i suoi, ma passa una buona nottata. L'indomani si alza, si lava, si veste e alle undici è nella hall. Paga, poi, seduto in una poltrona appartata, le telefona :
«A quest'ora mi chiami!»,
«Il tempo di prepararmi e di pagare» fa lui, certo che lei attendesse prima, la telefonata, «e sono arrivate le undici, non sono riuscito a chiamarti più presto.»,
«Ma quale più presto! Chiama nel pomeriggio dopo le quattro!»,
«Va bene cara, poi rientro verso le diciassette.»,
«Beh, prima ci mettiamo d'accordo: niente arrivi improvvisi, anzi, perché non vai a fare un altro giro a trovare i parenti e gli amici di Bologna e ti fermi là qualche giorno?»,
«Ma a Bologna ci sono stato ieri.»,
«E va a trovarne altri.»,

«Là non conosco che loro!»,
«Lo vedi, sei un orso, non frequenti nessuno e così ti trovi solo e senza amici, e poi ti lamenti.»,
«Sono anni che non abito più a Bologna, come vuoi …»,
«E allora va a Sannazzaro de' Burgondi, non mi hai detto di essere nato là.»,
«Non ci sono più tornato da oltre trent'anni, che ci vado a fare?»,
«Magari ritrovi qualche amico.»,
«Non lo riconoscerei neppure, né lui si ricorderebbe di me.».
La conversazione è proseguita e alla fine Alberto si è convinto ad andare a Sannazaro.
Arriva alla stazione e chi ci trova? «Il Professor Lucillo Cucchiariotto.», penserete tutti voi: no amici lettori, vede un collega di lavoro che saluta amabilmente, ma poiché tra i due non è mai corso buon sangue, quello ha proseguito senza rispondergli.
Fa il biglietto e sale in treno. Un viaggio eterno: ha cambiato tre volte, arriva e prende alloggio nell'unico albergo del paese, «Mi fermerò per un po', chissà che trovi qualcuno che conosco.» fa tra sé, salendo in camera.
Gli piaceva stare lì, la cucina era ottima e la stanza non male, trascorreva le giornate pensando alla propria gioventù e passeggiando con la speranza di incontrare qualcuno di allora, «Sarebbe bello ritrovare dei vecchi amici.» pensava «Dopo oltre trent'anni però, mi chiedo come potrei riconoscerli.».
E tra sé «Trent'anni sono tanti!» e si abbandona una lunga riflessione che qui riporto, come fosse mia.
Spesso mi viene alla mente la Guerra dei Trent'anni, quell'interminabile e devastante conflitto che potremmo definire guerra civile germanica, iniziato nel 1618 e terminato nel 1648. Lasciamo perdere i morti che secondo l'accademico Nicolao Merkerma sono stati dodici milioni e pensiamo ai più fortunati: ai reduci. Iniziamo da quei poveri soldati, laceri e contusi, che, firmata la Pace di Westfalia, dopo trent'anni di presenza sul fronte, chi cieco, chi con un arto o due di meno, hanno fatto ritorno a casa.
Fortunati per modo di dire.
Immagino quelli messi peggio, i più sfortunati tra i fortunati e mi

figuro i ritorni in famiglia, diciamo gl'incontri con la moglie; i figli, ormai, si saranno sposati e avranno messo su famiglia.
Trasportato da due commilitoni, avendo perso l'uso della vista e delle gambe dalla cinta in giù, ne arriva uno, solo il viso non è male; la moglie li fa entrare e capisce subito, «niente gambe e niente sesso!» esclama tra sé, si avvicina a uno dei due che l'hanno trasportato, gli allunga una mancia, lo porta in disparte e gli fa «Io quello non lo voglio, è cieco e potresti affibbiarlo a qualsiasi donna, ma sta certo che qui non trovi una che se lo prenda. Sai cosa devi fare … » e sporgendosi dalla finestra «Vedi quella casa più grande delle altre? Là abita uno pieno di soldi, a lui piacciono i femminielli; una volta all'anno va in Italia a Napoli e si dà alla pazza gioia, vedrai che lo prende: di faccia è ancora carino, il petto è villoso, sono proprio quelli che piacciono a lui, e vedrai che ti becchi anche una bella mancia.», lui annuisce e, sorridendo le lascia andare uno sculaccione. E lei, strizzando l'occhio, «Se poi questa sera volete passare, per voi due il posto ce l'ho.».
E il reduce che arriva su un carro trainato da due buoi; quello che conduce le bestie lo aiuta a scendere e se ne va, lui, appoggiato a un bastone che termina con tre piedi, si presenta in casa e la moglie tra sé:
«Io che mi metta in casa un relitto simile! Che poi dovrò mantenere, perché lui, con una gamba e un braccio di meno, più che ammazzare gli scarafaggi, non saprei che potrebbe fare.», quindi, con tono gentile: «Guardi che si sbaglia, questa non è casa sua e io non sono sua moglie, s'immagini che sono ancora signorina!», e il poveretto che finisce a chiedere la carità.
M'immagino quello che ritorna senza braccia e lei:
«Desidera?» e tra sé «Che me ne faccio di quello, neppure gli posso far sbucciare le patate! E a letto? Ogni volta, rischio che rotoli a terra!» e allora: è certa che lui non ne ricordi le sembianze, ma tace e attende,
«Io sono il padrone di questa casa, sono tuo marito.» lei, la moglie, assume un viso serio e:
«Purtroppo devo darle una brutta notizia: sua moglie è morta dieci anni fa, una malattia terribile, di quelle che non perdonano!»,

«È impossibile.» fa lui piangendo,
«Purtroppo è la verità: io mi sono prodigata per lei, ma non c'è stato nulla da fare.»,
«La mia amata mogliettina, morta!» grida mentre le lacrime, non potendo asciugarle, inondano il suolo in terra battuta, allora non esistevano le mattonelle, «La casa però» fa lui mentre le lacrime continuano a cadere a terra fino a creare una pozzanghera «è di mia proprietà.»,
«Purtroppo, no. Sua moglie me l'ha lasciata in segno di riconoscenza per esserle stata vicina quando aveva tanto bisogno di aiuto, questo è l'atto del notaio, prego, lo legga.» fa porgendogli un pezzo di carta scarabocchiato, certa che, senza braccia, non sarebbe riuscito neanche a prenderlo. Né a leggerlo: allora, erano in pochissimi ad aver studiato!
Il reduce continua a piangere, per la moglie e per la casa, la pozzanghera si allarga e la donna insiste nel porgergli il pezzo di carta spacciandolo per atto di vendita a suo favore.
Finché il soldato si mette il cuore in pace: scavalca la pozzanghera e se ne va.
E ci saranno stati anche i reduci fortunati, quelli che si sono imboscati in fureria, magari con l'incarico di distribuire le paghe: si sa che con certe mansioni, resta sempre qualcosa attaccato.
Io me li figuro ritornare a casa belli, tirati, eleganti, con i gradi ben in vista e i soldi in tasca. E lì, si trovano una donna non come la ricordavano, bensì invecchiata di trent'anni tra stenti e sacrifici, si sa che la mancanza di un uomo, che lavora e che porta a casa qualche soldo, si sente.
Immaginiamo alcuni casi.
Fa per entrare, poi «Mi scusi,» dice fermandosi sulla porta, «ma devo avere sbagliato abitazione.»,
«No, no! Tu sei mio marito, al ritorno dalla guerra dei trent'anni,» fa lei «è da quando ho saputo della Pace di Westfalia che ogni giorno sogno il tuo arrivo.»,
«Le assicuro che lei è completamente in errore» fa il furbone, che durante il tragitto aveva conosciuto una, non male, la quale gli aveva lasciato l'indirizzo, «la casa non è questa, le pareti erano

tutte sporche.»,
«Le ho fatte imbiancare per te, per il tuo arrivo, ho persino fatto aggiustare il tavolo che zoppicava, appena saputo della pace!»,
«La prego non insista, e poi mia moglie non aveva i capelli bianchi.» fa lui con fermezza prendendo la porta di uscita, e lei, cercando di fermarlo, «Per forza, sono passati trent'anni, anche tu, non credere, mica l'avevi, allora, quella pancetta.», ma lui se n'era già andato.
E l'altro, anche quello imboscato in fureria e addetto agli approvvigionamenti: immaginatevi le creste sulla spesa … non passava giorno! Terminata la guerra, è tornato a casa pieno di soldi: quando ha visto la moglie invecchiata di trent'anni, l'aveva riconosciuta da due nei sul naso, sentenzia tra sé «Meglio far finta di niente e proseguire, io quella non la voglio proprio.». Ormai però era entrato e allora «Mi scusi buona donna, sono in viaggio da una settimana, devo arrivare a casa mia a trenta chilometri da qui, mi darebbe un po' d'acqua?».
Anche lei lo aveva conosciuto per i due nei, sì, per una strana coincidenza, tutti e due avevano due neoformazioni della cute nasale, e gli dice:
«Guarda che questa è casa tua» fa lei versandogli un bicchier d'acqua «e io sono tua moglie.»,
«Magari,» fa lui «ricordo bene la mia casa, devo farne di chilometri prima di arrivarci!»,
«Sono certa che tu sei mio marito, ti ho riconosciuto dai due nei sul naso.»,
«Se stiamo a guardare quelli! Li ho io, li ha lei e chissà quanti: solo nella mia guarnigione ce li avevano in cinquanta!».
Saluta, se ne va e, tra sé, esclama «Io ... quella vecchia, per carità!».
Poi ci sono i tipi ai quali va bene tutto, me lo immagino il reduce che, dopo trent'anni di combattimenti, messa fine alla guerra con la Pace di Westfalia, torna a casa stanco e pieno di cicatrici: guarda colei che dice di essere sua moglie e che dopo sei lustri non può ricordare, la bacia e si stende nel letto. Allora le case erano composte di un'unica stanza, dove si mangiava e si dormiva, i servizi

erano i campi vicini. Nel letto è attorniato dai figli:
«Tu come ti chiami?»,
«Friedrich, papà.»,
«E quanti anni hai?»,
«Dieci.»,
«Bene! Sei contento di conoscere il babbo?», poi, rivolto all'altro
«E tu come ti chiami?»,
«Johann.»,
«E quanti anni hai?»,
«Quattordici, papà.»,
«Sei alto per la tua età. Io sono il tuo papà, sei contento che sia tornato?» e rivolto all'altro «E tu?»,
«Mi chiamo Eduard e ho sedici anni.»,
«E io sono il papà, che è stato lontano tanto tempo, sei contento di conoscermi? » e rivolto alla moglie «E quello nella culla che piange?»,
«Ha sedici mesi» fa lei«e l'ho chiamato Arnold come te, ho fatto bene?»,
«Hai fatto benissimo, però, una cosa trovo strana:» fa con ciglio pensieroso «quattro figli, tutti maschi!»,
«E non finisce qui,» continua la moglie «c'è Matthias che ha ventun anni e Carl di ventisette, che ormai vivono per loro conto, li conoscerai presto.»,
«Le stranezze della vita,» fa lui, «sei figli, neppure una femmina, c'è veramente da stupirsi!».
Beve una birra e s'addormenta.
Inutile dire che quando il reduce ha chiesto ai bambini se erano contenti che lui ... eccetera, tutti hanno risposto di sì.
Alberto è sempre là, a Sannazzaro de' Burgondi, e dalla riflessione passa ai ricordi di gioventù, mentre passeggia con la speranza di incontrare qualche bambino cresciuto, di quelli di allora assieme ai quali è andato a lucertole, o ha rincorso le rane nelle risaie, o ha fatto il bagno nel Po, o ha giocato a mondo o al pallone nella piazza della chiesa. Ripercorre i tempi passati e riaffiorano in lui: il primo giorno di scuola, la vipera che un giorno lo morse, il padre di un amico accorso col siero, il compagno di giochi, annegato nel

grande fiume e le grida di dolore della madre. E poi la Prima Comunione, la Cresima col Vescovo arrivato da Pavia, e altri flashback che i luoghi, risvegliavano in lui.
Altre volte rammenta le scorribande lungo le campagne, le cacce alle bisce d'acqua nelle risaie, le liti tra bande di ragazzini, i tuffi in costume adamitico, lungo la riva sinistra del Po o nel torrente Agogna e le volte che di soppiatto sono andati a pescare nel lago già diventato riserva.
Cosa avrebbe pagato per trovarne uno, un vecchio amico per ripercorrere assieme i trascorsi sentieri della vita, uno di allora col quale magari hanno fatto a botte o, assieme, sono a andati a spiare da dietro il canneto le donne che si lavavano sulla riva del Po.
Forse qualche amico di allora l'ha incrociato, ma come riconoscerlo dopo tanto tempo, «È come con la Guerra dei Trent'anni: la gente cambia.» ha sentenziato tra sé
Alberto però ci provava ogni tanto, quando vedeva uno che aveva su per giù i suoi anni: lo avvicinava e:
«Io, trent'anni fa abitavo qui.»,
«Anch'io.» gli rispondeva e se ne andava sgarbatamente.
Oppure:
«Mi scusi,»
«Cosa c'è?» gli chiedeva in maniera scortese, e Alberto se ne andava mogio e deluso da quei modi così poco garbati.
Altre volte, rivolto a qualcuno, «Pensi che io sono nato qui!» e l'altro «E adesso che ci ho pensato?», davanti a quelle reazioni, al nostro protagonista non restava che tacere e andarsene.
Però, lui avrebbe voluto rievocare i suoi anni giovanili e tra sé «C'erano anche delle bambine, riconoscerle no,» ha pensato, sempre collegandosi alla Guerra dei Trent'anni, «ma chissà che siano più gentili e che si riesca a instaurare un dialogo.». Era più di un mese che non scambiava due parole con una persona, il proprietario dell'albergo era mancato da un anno e c'era il figlio di ventitré anni che aveva in mente le ragazze, gli amici, e stare a far chiacchiere con un vecchio non ci pensava proprio. La mamma non si muoveva dalla cucina, quando non era impegnata a pulire.
Alberto scorge una, circa della sua età, le s'avvicina e «Mi scusi

Signora, permette una parola?», quella va su tutte le furie «Cosa vuole, si vergogni alla sua età, vecchio bavoso!». Vede un'altra, forse coetanea, non si capisce: è molto truccata, le ripete la medesima frase e lei, sorridendo, gli allunga un biglietto, «Qui c'è il mio indirizzo, sono cinquanta euro, vieni quando vuoi, dalle due del pomeriggio in avanti, malgrado gli anni, sono molto brava!». In tutti e due i casi se n'è tornato, deluso, in albergo.
Dopo tre mesi fa tra sé «Sono stanco di passeggiare, pensare agli amici di gioventù, e non riuscire a trovarne uno.» e torna a casa. E chi ci trova? «Il Professor Lucillo Cucchiariotto.», penserete tutti voi: no, amici, ci trova colui che ho definito Terzo Uomo. Neppure si accorge di Alberto, tutto intento a tenere a bada una fila di uomini ansiosi di entrare. Guarda quella che non sembra più la sua abitazione e un cartello con, in caratteri cubitali:
Se sei magro, medio o grasso,
prova il nostro materasso!
Per far sesso o per dormire
è un piacere da morire.
Per provarlo da noi c'è
chi si stende accanto a te.
Alberto non capisce, chiede a uno che è lì in attesa «È un'attività in piedi da poco, un'iniziativa interessante, sono due soci: lui ci ha messo l'idea, lei il resto, vendono bene, poi sa com'è, se uno non compra il materasso, lei … *"Beh, non mi fai il regalino, non ti è piaciuto forse?"* e ognuno dà, senza che ci sia proprio una tariffa. Io, in questo mese, è la terza volta che la vado a trovare. Devono guadagnare un mucchio di soldi, e tutto in nero!».
Alberto Alberto non risponde, non commenta, si volta per andar via e chi si trova davanti? «Il Professor Lucillo Cucchiariotto.», penserete tutti voi. Proprio lui, però non si conoscevano, non si erano mai visti, il Professore si scansa e si mette in coda con gli altri e il nostro Alberto se ne va, pensando ai vari coprotagonisti di questa incredibile storia; a tutti, fuorché al Professor Lucillo Cucchiariotto che non aveva mai conosciuto.

FINE

CINISMO E NOBILTÀ

Il Vecchio e Famoso Scrittore era avvilito: l'idea non arrivava, aveva firmato il contratto da dieci mesi con l'impegno di consegnare il file entro diciotto, ma neppure due righe. «Almeno il titolo,» gli ripeteva l'Editore, «così cominciamo a farne parlare, ci accordiamo per qualche premio e lo inseriamo nel catalogo.», «Ma quale titolo, se non so neppure dove ambientarlo!» pensava lui.
Non si era mai sposato, neppure aveva figli *naturali* come si diceva allora, il Vecchio e Famoso Scrittore viveva solo. Solo, ma col Maggiordomo, e ci teneva chiamarlo così, ricordi di quando era bambino e in casa esisteva la così detta *servitù*. Di nobile famiglia, abitava tra la sua città natale in Sicilia e la capitale. Il genitore, lui lo chiamava così, poi coadiuvato dallo stesso, aveva dilapidato ogni loro ricchezza. Il primo non aveva fatto in tempo a vedere lo sfacelo al quale aveva condotto la famiglia, lui, completata l'opera, si era trovato, a quarantadue anni, senza un soldo. Con accanto chi, ai bei tempi, insieme alla governante e ad altro personale, aveva accudito al buon andamento dell'appartamento di Roma e della villa in Sicilia. Delle trascorse vestigia non gli era rimasto che lui, a parte alcune suppellettili e mobili del Sette e Ottocento che avevano arredato la villa in Trinacria.
Questi: sempre compito e impeccabile, nella tenuta da maggiordomo, era orgoglioso della sua mansione, «Mio padre ha avuto l'onore di servire codesta nobile famiglia fino al termine dei suoi anni, io non sarò da meno.» sentenziava.
Era la costola dello Scrittore, e ciascuno dei due rappresentava per l'altro una sorta di cordone ombelicale che li legava ai tempi trascorsi. Tra loro: stima e rispetto; anche quando il *Signore*, l'ha sempre chiamato così, era in arretrato con gli stipendi.
Il nostro protagonista, che mai aveva lavorato, comprese a qua-

rantadue anni che qualcosa doveva fare e si scoprì scrittore; si trasferì a Milano, capitale dell'editoria e, grazie al nome che portava, alle conoscenze importanti e a quell'aspetto da uomo d'altri tempi, non ebbe difficoltà a trovare un editore importante. Le vendite andarono bene da subito e presto si rivelò un artista di talento. Viveva dei diritti d'autore: non male, visto che era riuscito, nel primo anno, a sistemare vari debitucci e un arretrato di venti mensilità nei confronti del Maggiordomo. I due abitavano in un grande appartamento in affitto; e arredato con quei mobili e suppellettili di cui ho già scritto, salvati quando la sua vecchia residenza in Sicilia era stata messa all'asta.

È Martedì, il Vecchio e Famoso Scrittore, dopo aver pranzato, si chiude nello studio: accende il computer.

Suona il campanello e il Maggiordomo gli porta il caffè, come sempre su di un vassoio d'argento e in un'elegante tazzina in porcellana, posta a fianco della zuccheriera, parimenti decorata.

Il nostro clicca su *Nuovo documento*, poi su *Inserisci*, poi su *Numero di pagina* e appare *1,* in basso a destra, di quel foglio tutto bianco. Il Vecchio e Famoso Scrittore sospira tristemente, guarda quello spazio vuoto che non riesce neppure a iniziare e vola, con la mente, a quando le idee gli sgorgavano repentine, quasi con irruenza e lui, rischiando di perdere il filo della storia, continuava con la sinistra a battere sui tasti mentre con la destra le annotava in fretta su di un foglio di carta, col timore che gli sfuggissero: e scuote la testa. L'ispirazione non arriva!

Il Maggiordomo gli porta un bicchier d'acqua, il medico si era raccomandato, «Almeno due litri al giorno!» gli aveva detto e da allora, ogni due ore, è lì con la bevanda, in un bicchiere di cristallo, sopra un piccolo vassoio d'argento.

Il nostro ringrazia, l'altro fa un inchino e se ne va.

Il Vecchio e Famoso Scrittore è sempre più demoralizzato e tra sé mugugna : «Dicono che l'idea arrivi quando meno te l'aspetti, io la sto aspettando da un anno, ecco perché non è arrivata, però, che devo fare, come posso non aspettarla, il contratto c'è e va rispettato, 'sto romanzo devo scriverlo, non posso deludere i miei lettori! L'editore mi fa causa!», e dopo un sospiro desolato «Speriamo do-

mani; ma com'è possibile, se non è arrivata oggi, che me l'aspettavo, domani, che me l'aspetterò ancora di più, come posso sperare che arrivi!». Deduzioni logiche, ragionamenti ineccepibili, anche se velati d'ironia: ne sorrideva lui stesso, ma lo deprimevano anche, «Sto invecchiando.» si ripeteva, mesto.
Di salute stava bene: le pastiglie per la pressione e nessun altro farmaco: per l'età che aveva, poteva essere contento.
Perché di anni ne aveva tanti, ma il precedente romanzo gli era scaturito diceva tra sé «Come lo zampillo dalla sorgente.». E rammentava il primo pubblicato, ne è trascorso di tempo, *Memorie di un Nobile Decaduto*: nulla di autobiografico, una storia surreale, fantastica, incredibile: gli venne giù di botto, la scrisse in dieci mesi. La promozione gli ha poi impegnato vario tempo, ma dopo venti mesi era pronto il secondo, e poi il terzo, il quarto e così via, ogni dodici o quarantotto mesi ne usciva uno. Tutti successi editoriali che gli permettevano una vita dignitosa, direi: agiata, «Quanti ne ho scritto!» pensa accarezzando il mouse, e li enumera mentalmente, ma dopo il sesto non ne rammenta più i titoli.
E continua nella ricerca dell'idea, della geniale pensata, come tutte quelle che avevano caratterizzato i suoi precedenti romanzi.
La casa è grande, ma dal suo studio sente se qualcuno suona alla porta d'ingresso. L'ha percepito appena, uno squillo brevissimo; e dopo poco, con un inchino, si è presentato il Maggiordomo.
Il Vecchio Scrittore neppure gli chiede chi abbia suonato, un cenno di assenso e gli dice di farlo entrare.
Lui però «Se n'è andato,» gli fa, «l'ho pregato di attendere un momento, il tempo di chiederle se poteva riceverlo e quello "*gli dica solo che sono passato*".»,
«Sai chi è, l'hai visto altre volte?"»,
«Mai, Signore.»,
«Ti avrà lasciato un biglietto da visita, ti avrà detto il suo nome.»,
«Sì, Signore.», «Ha detto di essere *Il Tempo*.».
E dopo un inchino, il Maggiordomo lascia lo studio, mentre lo Scrittore, dimenticatosi del visitatore e del suo strano messaggio, riprende a rimuginare alla ricerca dell'idea.
Che non viene, «E se prendessi qualche spunto dai classici del pas-

sato,» dice tra sé «si mormora che da Maupassant abbiano attinto in tani, per soggetti cinematografici e romanzi.». E poi «No, non è da me, il mio genere è inconfondibile, i miei lettori, l'editore e la critica se ne accorgerebbero immediatamente.».
Suona il telefono, al solito, dall'apparecchio in cucina risponde il Maggiordomo e si presenta a riferire.
«Mi ha pregato di dirle *che è arrivata.*»,
«Dove, è arrivata?» fa il Vecchio Scrittore,
«Non lo so, Signore, non lo ha detto.»,
«Ha lasciato almeno il suo nome?»,
«Sì Signore. Ha detto di essere *La Sua Ora*, ma forse ho capito male.».
E se ne va compito, mentre al Vecchio e Famoso Scrittore, quella strana telefonata è ormai uscita dalla mente, riprende a pensare, dopo neppure un'ora, sente suonare alla porta d'ingresso e poco dopo, con un inchino:
«Una Signora molto elegante ha chiesto di incontrarla, la faccio accomodare?»,
«Chi è, la conosci?»,
«Non la ricordo, però … non so, non saprei.»,
«Le hai domandato come si chiama?»,
«Sì Signore, ma forse ho capito male pure 'sta volta, mi ha detto di essere *la Vita*!»,
«Falla entrare.».
Se ne va e ritorna con lei; il Vecchio e Famoso Scrittore la invita ad accomodarsi e prega il Maggiordomo di sistemare, davanti alla donna, il tavolinetto con caramelle e cioccolatini e di avvicinare la poltrona all'altra dove lui va a sedersi. Non è tipo che riceve una signora da dietro il tavolo di lavoro.
Rivolto ai due: «I Signori hanno sete, desiderano un caffè o altro?», al "*No, grazie.*" di lei, seguito da quello di lui, se ne va. L'uomo le porge il vassoio con le caramelle e i cioccolatini, ma lei non prende nulla. La prega di esporre il motivo della visita, non nascondendole di essere molto impegnato, «Mi scusi, ma entro otto mesi devo terminare un romanzo e non l'ho neppure iniziato, non mi viene l'idea,» le confessa candidamente, «neppure ho tro-

vato il titolo!»,
«Lo so e sono qui per aiutarti, per scriverlo con te.» fa lei,
«Non mi pare una buona idea, il mio stile è quello e non posso farmi coadiuvare da un estraneo, nessuno crederebbe che sia mio.»,
«Estraneo» fa lei, accennando a un sorriso, «no, non troveranno nulla di diverso: coloro ai quali sono piaciuti i tuoi primi, apprezzeranno anche questo, ne sono certissima.».
Il Vecchio e Famoso Scrittore non capisce, è confuso, innanzi a questa donna tanto sicura di sé … e che le da del tu, mentre lui non si permette «Il galateo impone che sia la Signora ad autorizzare.» pensa e rivolto a lei:
«Perché mi vuole aiutare?», «Chi è lei?».
La Signora gli sorride e lui:
«Il Maggiordomo mi ha detto che è la Vita, ma quale, di chi?»,
la Signora gli sorride ancora e:
«Hai un viso stanco, resta in poltrona, poi andrò io al computer, ma prima fatti portare un sandwich, poi ci metteremo al lavoro, ne avremo per tutta notte!»,
«E lei cosa gradisce?»,
«Io niente.».

....

Sono le undici del giorno dopo, siamo nell'ufficio dell'Editore, con lui ci sono le sue tre fedeli collaboratrici. Stanno parlando proprio del Vecchio e Famoso Scrittore e del suo romanzo che intendono presentare come caso editoriale dell'anno: «Quando e se lo terminerà.» fa una delle tre, e lui «Vediamo a che punto è, a quest'ora dovrebbe essere in piedi, il Maestro.» dice con un ghigno ironico prendendo in mano il telefono. Gli fa eco un'altra: «Chissà, quello lavora il pomeriggio, la sera, la notte, ma la mattina dorme.».
E continuano a conversare:
«Vive al pari dei nobili di una volta.»,
«Come suo padre e come ha vissuto lui: finché ha sperperato tutto!»,
«Resta ancorato a quei tempi e con quella larva di Maggiordomo

non molto più giovane di lui.»,
«Che lo adora!»,
«Lo osanna, il Maestro parla e lui prende atto, più di un "*Si, Signore*" non dice.»,
«Maggiordomo … gli fa da segretario, da uomo delle pulizie, da cameriere, da cuoco e da badante!»,
«Perché di anni, il nostro ne ha tanti!»,
«Come cervello sembra che ci sia ancora, e anche come salute, ma c'è da aspettarsi che se ne vada da un momento all'altro.»,
«Certo … che eterno non è.»,
«A mio parere, quello non ce la fa più a scrivere un intero romanzo!»,
e l'Editore di rimando, mentre clicca sul suo numero: «L'importante è che termini questo, poi …».
Tre squilli e, dalla cucina, il Maggiordomo risponde: è la regola, ed è per questo che il Vecchio Scrittore non aveva mai voluto il cellulare, «A che pro,» diceva «Chiunque desideri parlarmi deve farsi annunciare da lui,» e aggiungeva serio «dal mio Maggiordomo e Segretario.».
La riconosce, la voce dell'editore e: «Vedo se il Maestro può parlarle,» gli fa «stia al telefono, prego.». Rivolgendosi a lui lo appella *Signore*, parlando con gli altri è *Il Maestro*.
Entra nello studio, nota che la Signora, quella che si è presentata come la Vita, non c'è.
«Se n'è andata. Era lei, allora, quando ho sentito quei passi verso le sette di mattina!» pensa.
Dal telefono dello studio riprende con l'Editore:
«Sta riposando.» fa a bassa voce,
«E' ancora a letto!» esclama,
«No, è qui nella sua poltrona, credo che abbia lavorato tutta la notte!», «Ma ora devo mettere giù, non vorrei disturbarlo, la farò chiamare appena si sveglia.»,
l'Editore: «Scusi un istante, volevo solo sapere del romanzo.»,
«Le dica che alle sette, quando sono arrivata io, lo aveva già terminato.» fa una donna, seduta al posto dell'altra, che il Maggiordomo, qualche istante prima, non aveva notato.

L'editore, che ha sentito, ringrazia e mette giù soddisfatto. Una Signora vestita di nero siede al posto dell'altra e al Maggiordomo che le chiede chi sia,«La Morte.» risponde, senza andarsene, ma scomparendo pian piano, come avvolta in una nebbia inesistente.

....

Nello studio dell'Editore, sono entusiasti:
«Ci è andata bene.»,
«Io non ci contavo più. Ero convinta che morisse prima di finirlo.»,
«E avremmo perso anche l'acconto versato.»,
«E ora: sotto con la promozione,» sentenzia l'Editore, «perché fra un mese voglio che esca.», «Tu ti incarichi dei premi.», «Tu delle interviste.» e «E tu pensa a cedere i diritti all'estero.».
Suona il telefono, è il Maggiordomo: dopo quello strano personaggio vestito di nero, apparso e scomparso, si è avvicinato al suo Signore che credeva dormisse.
Guardando il display: «E' lui» fa l'Editore, rivolto alle colleghe, e mette il viva voce:
«Pronto,» fa con un tono sommesso «sono spiacente», i visi si fanno inquieti, perplessi, ansiosi, temono che il romanzo non sia terminato, ma torneranno presto tranquilli e rilassati, direi soddisfatti, quando lui: «di comunicarvi che il Maestro è mancato, me ne sono accorto da pochi minuti, sarà accaduto verso le sette, le trasmetto il file del romanzo.», «Ora devo pensare al funerale ...».
«Un momento» fa l'Editore: una mano sul microfono e rivolto alle colleghe:
«Avete sentito: opera postuma!» fa con aria trionfale: «Meglio di così!», «Aprite lo champagne.». Poi, rivolto a quello di là dal filo: «Diceva?»
Lo sente ansare, fatica a capire, «Pronto!», «Pronto!» gli fa,
e l'altro «Si occupi lei di avvisare la stampa» mormora con un filo di voce … quasi balbettando «e per favore pensi anche al … ai due funerali.» e dall'apparecchio, cadutogli dalle mani, il Maggiordomo non fa in tempo a udire il botto dello champagne.

FINE

L'AMICO DEL FANTASMA DELL'OPERA

I misteri mi hanno sempre affascinato, starei per ore a parlarne. Perché io ci credo a certe cose imperscrutabili, cerco di capirle, di approfondirle e, di ciascuna, risolverne l'arcano. Di qualsiasi fatto straordinario e misterioso senta parlare, io metto il massimo impegno per trovarne la spiegazione.
Diciamo che, da sempre, sono uno studioso dell'inspiegabile.
Ricordo quand'ero bambino che abitavo a Ferrara. Al centro della bellissima piazza Ludovico Ariosto c'era, e c'è tuttora, una maestosa colonna tutta lavorata e in cima: lui, bello, fiero, col capo coronato d'alloro e con in mano la lira, simbolo dei cantori erranti che narravano le gesta degli eroi nell'antica Grecia.
Ebbene, si diceva che quando nessuno lo guardava lui si voltasse, chi asseriva a destra, chi a sinistra, ma nulla di preciso.
Sapeste quante volte, con aria noncurante, me ne stavo lì, mezzo girato e con la coda dell'occhio … oppure ci mettevamo in due: io di spalle, proprio impossibilitato a vedere, e l'altro da lontano col binocolo. Niente: mai che una volta abbia voltato il viso, è rimasto un mistero per tutti, né io, né nessuno, è mai riuscito a scorgere Ludovico Ariosto girato di lato.
Ed è logico: la piazza è grande, attorno ci sono numerose abitazioni, le auto che passano, perché non è zona pedonale e qualcuno che lo guarda c'è sempre, magari da dietro le tendine della finestra di casa, e si sa, basta uno, perché Ludovico non si muova, basta quello perché resti fermo, immobile, proprio *come una statua*!
Anche del Mostro di Loch Ness mi sono interessato, sono andato fino in Scozia, deciso a entrare nel lago e ispezionarne le profondità, indossavo il costume con le bretelle, quello tipico da nuotatore. Me lo aveva prestato mio cugino che, ogni tanto, fa qualche gara in piscina. E mi aveva pure dato le pinne e gli occhiali. Ero

pronto per l'immersione, ho messo un piede dentro «Per carità ... » mi sono detto «qui rischio una sincope da restarci secco: è gelata!» e ho rinunciato all'impresa. Sono tornato a casa che ero ancora infreddolito!
Ai dischi volanti mi sono dedicato poco, sì, ho letto numerosi libri, mi sono documentato sulle tante apparizioni, a me però piace toccare con mano e quelli stanno troppo in alto.
Al Mostro di Loch Ness, non ho rinunciato: l'ho studiato a fondo, ma niente più sopralluoghi, ho letto dei libri.
In Scozia, però, sono tornato altre volte, ma sempre e soltanto alla ricerca di fantasmi, ormai avevo circoscritto i miei studi su di loro e mi considero tra i massimi esperti di *Fantasmologia,* inventando persino il temine, che presto entrerà nei dizionari.
Ho visitato un'infinità di castelli, diroccati e no, ma sarà stato il caso o la guida poco competente, non ho visto neppure un fantasma! Di notte, senza neppure una torcia per il timore di farmi scoprire, vagavo tra quelle mura cadenti: niente, neppure uno, neanche il classico rumore delle catene trascinate, o i lamenti, o le urla strazianti, sì, le mie: quando finivo a terra e sbattevo su sassi o pietre sporgenti.
La guida mi aspettava in auto, mentre me ne andavo barcollante tra le macerie di vecchie costruzioni diroccate: una volta, una pietra caduta dall'alto mi ha sfiorato la testa, un'altra volta, una mi è finita su un piede, ho camminato zoppo per tre settimane! Per i miei studi però, quei sopralluoghi erano indispensabili.
È vero, molti sono stati a vuoto, ma altre volte ho approfondito, e davvero! Come quel pomeriggio, a casa mia, quando ho sentito suonare al portone sotto; e al mio "*Chi è?*", al citofono, «Sono un fantasma.» mi ha risposto. Ovviamente ho aperto, gli ho detto il piano e l'ho invitato a salire.
Mi affaccio al pianerottolo, «S'accomodi, lei è il benvenuto.» dico d'istinto, al suo "*Buongiorno*". Quello entra, l'ho intuito dopo: quando mi ha detto, con la voce che non proveniva più dal pianerottolo, «Non ho voluto prendere l'ascensore e ora ho il fiatone, sa, alla mia età!». Poi ho saputo che ha seicentodieci anni.
Finalmente mi trovavo a tu per tu con un fantasma, potranno im-

maginare, i lettori, l'emozione e ancor più la meraviglia nel costatare che non aveva il lenzuolo, risultando di conseguenza invisibile,
«S'accomodi,» gli faccio «sieda in quella poltrona, intanto che io le vado a prendere un bicchier d'acqua.», «Gasata?» gli chiedo «O naturale.»,
«S'è possibile, metà e metà, io adoro quel frizzantino delicato.», e aggiunge «Mi raccomando, molto fredda.»,
«Se vuole, ci metto il ghiaccio.»,
«Ottimo!».
Metto il bicchiere sul tavolinetto di fronte a lui, circa, perché non posso sapere dove stia esattamente e mi siedo, sulla poltrona davanti, con una Coca Cola.
Il fantasma beve avidamente, o meglio vedo alzarsi il bicchiere alla presumibile altezza della bocca e svuotarsi in due riprese, lo immaginavo più alto. Lo termina in pochi minuti; ne vado a prenderne un altro che sorseggia lentamente, mentre io centellino la Coca.
Seduto davanti a lui, almeno presumo, do inizio alla conversazione:
«Non ci siamo neppure presentati …» e gli dico il mio nome seguito da un "*Molto lieto.*" accompagnato da un sorriso, lui mi dice il suo preceduto da *Mister*, un lunghissimo nome inglese che ho subito dimenticato e mi racconta di aver vissuto in un castello scozzese, purtroppo ora cadente e diroccato, costruito sotto forma di casa a torre.
E aggiunge: «Una bellissima abitazione baronale, tipica del quindicesimo secolo, ai piedi di una verde collina e affacciata su un grande lago.»,
«Ovviamente lei era il Signore del Castello: il Barone.»,
«No,» mi risponde «io ero lo stalliere e cocchiere, facevo le due cose: non era molto ricco il mio padrone, tra tutti i suoi servitori non arrivavamo a quaranta!».
Ci sono rimasto un po' male, si sa com'è: tutti ci professiamo democratici, ma se c'è da bere un caffè con un barone o con un suo dipendente, preferiamo berlo col titolato. Però, conoscendo le sue

passate mansioni, mi sento meno in soggezione e senza preamboli gli faccio:
«Mi permetta,» quello fa una risata, forse sa qualcosa della politica italiana, ma io eludo e continuo «vorrei sapere perché non ha il lenzuolo!»,
«L'ho portato in lavanderia, capirà: dopo quattro giorni di viaggio, perché io ci tengo che sia lindo, per un fantasma è tutto. Mi piace che sia di un bianco che più bianco non si può.»,
«Carosello,» gli faccio sorridendo «anche lei ricorda … bei tempi, allora si era bambini!»,
«Lei, io sono ben più vecchio, sono nato nel 1398, faccia lei i conti!»,
«Che sbadato,» faccio «m'ero dimenticato che sto conversando con un fantasma.».
Oramai è localizzato, guardo il bicchiere e rivolto a lui faccio:
«Quattro giorni di viaggio … perché non ha preso l'aereo?»,
«Ai miei tempi non c'erano e io, sarò antico, ma non ne voglio sapere, vuol che glielo dica: ho paura! E così: prima il treno, poi il traghetto, poi il treno di nuovo fino a Parigi, dove mi sono fermato due giorni, quindi, dopo tre cambi, sono arrivato, sempre sul convoglio, qui.»,
«Non era mai stato a Parigi? Ha voluto conoscerla?»,
«No, ci sono stato due volte ma è tutta cambiata, la prima sono capitato male, era il 1789, in piena rivoluzione, lì si ammazzavano *che era un piacere*, mi sono tolto il lenzuolo e me la sono svignata. Poi, dopo circa cento anni., sono tornato e sono rimasto alcune settimane, si cominciava già a parlare di Belle Epoque, ho conosciuto tanta gente e con alcuni sono restato in contatto.
Questa volta, venendo da lei, mi sono fermato per andare al Teatro dell'Opera a salutare un amico conosciuto proprio in occasione del secondo viaggio.»,
«Scozzese pure lui?»,
«Macché scozzese, lei non ci crederà, ma io sono amico del famoso Fantasma dell'Opera, nel 1910 è uscito il libro, io l'avevo conosciuto cinque anni prima, per caso, quando mi fermai nella capitale francese. Non l'ha presente … è noto in tutto il mondo,

dal libro hanno ricavato un musical e cinque film!»,
«È vero!» faccio io, che ricordavo vagamente l'ultimo uscito, quasi vent'anni fa.
Il fantasma riprende a narrare:
«Il viaggio è iniziato malissimo, le signore che prendevano paura, i bambini che piangevano, qualcuno che mi scambiava per un mattacchione in vena di scherzi, mi sono preso due calci nel ... lei ha già capito. Avrei gradito sedermi lì come tutti e far due chiacchiere con i compagni di viaggio e invece: neppure pensarlo e così ho deciso di sistemarmi nel vagone merci e bestiame.»,
«Bastava che si fosse tolto il lenzuolo» faccio con la prosopopea dell'esperto di Fantasmologia «e si fosse seduto nel primo posto libero.»,
«Bravo,» esclama «lì seduto, col rischio che qualcuno mi si sieda sulle ginocchia, ne sarebbe venuto fuori il finimondo!»,
«Ha ragione,» esclamo con l'espressione di vergogna, dell'esperto che ammette di aver sbagliato, e continuo «peggio che presentarsi col lenzuolo.»,
«I vagoni merci non sono certo puliti e, arrivato in città, non me la sono sentita di presentarmi da lei in quelle condizioni e, come le ho detto, mi sono recato in una lavanderia, sa quella poco distante da qui nel viottolo a destra: saranno sei o settecento metri, è quasi di fronte alla chiesa.»,
«Chissà che *casino*, alla vista di un fantasma nel negozio!»,
«Non me ne parli, io sono entrato e tutti i clienti sono scappati, la signora, credo che fosse la proprietaria, è svenuta, poi sono arrivati i due figli, uno s'è occupato della madre e l'altro fingendo di nulla, ma era chiaro che non ero il benvenuto, mi ha chiesto cosa desideravo, era molto cortese, dai modi raffinati.», «È gay, lo sanno tutti.» gli dico, «Lo avevo immaginato.» fa il Fantasma e continua «Io gli ho detto del lenzuolo da lavare, che non gradivo quello a secco e che preferivo il sistema tradizionale, lui mi ha detto di stare tranquillo e mi ha assicurato un bianco che più bianco non si può.»,
«È andato tutto bene?» ho chiesto «Nessun problema?».
«E no, alle sue ultime parole, io mi sono tolto il lenzuolo e l'ho

messo sul banco, quello alla mia ... *non vista*, è andato in escandescenze *"Dov'è?", "Dove s'è nascosto?" gridava "Venga fuori!"»,*
«È così,» faccio io allargando le braccia, «non credono ai fantasmi e poi fanno 'ste magre figure!»,
«A questo punto», continua «ho detto loro con calma e dovizia di particolari che è normale, la mamma, ripresasi, si era avvicinata al banco e pure lei ascoltava attenta. Ho spiegato che noi siamo nudi e trasparenti e che indossiamo il lenzuolo tanto per avere una certa parvenza, per non passare completamente inosservati. Dev'essere gente di chiesa, alla parola *nudi* la Signora è arrossita e il figlio, l'altro, "*Mamma va a casa a preparare, ho una gran fame!*". I due ragazzi erano incuriositi e mi chiedono se non sento freddo "*Così tutto nudo!*" mi fai il gay, con tono apprensivo. Io allora gli spiego, ma lei lo saprà di certo, che i predestinati a diventare fantasmi subiscono ...»,
«Appena morti» lo interrompo facendo sfoggio delle mie approfondite conoscenze «una specie di processo d'ibernazione che li mantiene integri per sempre.»,
«Giusto, e freddi come il ghiaccio, questo ho spiegato ai due, quelli erano stupiti ...», «Gente che non sa.» faccio io con espressione di compatimento e lui continua «e io "*Provate a sentire.*", "*Tocchi.*", "*Tocchi.*" ho fatto a quello più vicino a me, al gay, e lui "*Sarei proprio curioso di sentire la temperatura, toccherei volentieri, ma qui in mezzo a tutti!*' ha detto schivandosi. L'altro con espressione di compatimento "*Lasci perdere, mi dia il nome che poi le faccio la ricevuta.*", io ho dato il mio nome e l'indirizzo in Scozia e lui con aria seccata "*Ottimo, abita a duemila chilometri, è trasparente, ha un nome che non finisce più, se vuole che le lavi il lenzuolo, mi paga subito.*", io gli ho dato dodici euro come aveva scritto sulla ricevuta fiscale e dopo aver salutato sono uscito. Mi ha detto di passare a ritirarlo fra due giorni, nel tardo pomeriggio di dopodomani.»,
«Non è poco» faccio io «dodici euro per un lenzuolo!»,
«Infatti,» mi fa «nella ricevuta ha scritto abito bianco, sì per un fantasma il lenzuolo è l'abito, ma: sempre lenzuolo è!» conclude

scuotendo la testa,
«È così,» esclamo, scuotendo la testa pure io, «appena vedono un turista o uno non del posto, lo *spennano!*».
Abbandono l'argomento e gli chiedo «Non mi risulta che esistano studi al riguardo, ma immagino che questo processo vi renda insensibili al freddo, per voi la Siberia è come Cesenatico o Milano Marittima.»,
«Certamente, e non solo: neppure soffriamo il caldo, noi non abbiamo bisogno del lenzuolo invernale ed estivo, o di quello da mezza stagione, con uno, facciamo tutto l'anno. Io ne ho due, ma solo per il ricambio: sa, c'è anche chi non ci guarda, ma i più sono come me e il lenzuolo, lo vogliono sempre di quel bianco che più bianco non si può.».
S'è continuato a conversare, anche di cose più terrene, lui mi ha detto di una casa diroccata e fatiscente che ha visto fuori città, dove intende trascorrere la notte.
Io gli ho chiesto se voleva bere qualcos'altro, magari coca e whisky, e lui:
«Ma sì, anzi, lasci perdere la coca e mi versi un doppio whisky, scozzese, mi raccomando, è inutile, quello resta il migliore.».
Ho annuito e:
«Con molto ghiaccio immagino.» gli ho detto, ben sapendo del suo stato di ibernazione e per far sfoggio della mia competenza ho continuato «Quindi bevande calde, mai!»,
«Per carità!»,
«Ma non le farà male un doppio whisky così, a stomaco vuoto!» esclamo stupito «Se gradisce, le preparo due tartine al salmone. Ho proprio una busta della specie scozzese, quella più chiara rispetto alla norvegese e dal gusto dolce e delicato. È una leccornia! Io vivo solo e ho sempre il frigo ben fornito, anzi se vuole cenare con me,»,
«Grazie, ma non mangio,»,
«Per non ingrassare?»,
«No, tutti i fantasmi non mangiano.»,
«Neppure qualche spuntino quando capita?»,
«No, i fantasmi non si sono mai sognati di mettere qualcosa sotto

i denti, non lo sapeva!».
Francamente non ne ero informato, pur avendo letto tanto su tali esseri soprannaturali; e mi sono vergognato nell'ammetterlo: un esperto di Fantasmologia come me! Però ho proseguito il discorso e mi sono anche informato sul loro comportamento fisiologico, ho in mente di scrivere un libro sull'argomento. Al suo quarto doppio whisky, immaginando che gli possa girare la testa, gli ho chiesto se voleva restare a dormire, «Ho la camera per gli ospiti» gli ho detto, mi ha risposto che non è abituato ai letti: da vivo dormiva sulla paglia accanto ai cavalli e da morto è solito vagare tutta notte tra castelli e case diroccate. Mi aveva già accennato a una appena fuori città.
Ci siamo lasciati con l'intesa di rivederci, «Domani,» mi ha detto «voglio dare un'occhiata alla città e visitare l'ippodromo, sa, per chi ha fatto lo stalliere per una vita, il cavallo resta *il primo amore*. Ci vediamo dopo domani», e lui, sorridendo, «Ci vediamo … così nudo come sono ora, non le sarà facile, hanno voluto due giorni per lavare un lenzuolo, neanche gli avessi portato uno smoking!».
Infatti, non ci siamo visti: come promesso è venuto, ma sempre senza lenzuolo. Questa volta ha preso l'ascensore, o meglio: quando ha suonato al portone, sono sceso, l'ho fatto entrare nela cabina e siamo saliti, lo immaginavo poco pratico di pulsanti e di porte automatiche, si è fatto altri tre doppi whisky con molto ghiaccio, io una Coca Cola e abbiamo parlato del più e del meno.
Avevo un dubbio che mi assillava e così: «Non mi sono mai posto la domanda, forse perché è la prima volta che converso a quattrocchi con uno di voi, ma mi tolga la curiosità: lei è scozzese, mi dice che è stato in Francia di passaggio, quindi avrà visitato altri paesi, ora è qui e parla correttamente l'italiano, mi spieghi come fa.»,
«Noi, destinati a diventare immortali,» mi spiega «nel preciso istante del trapasso, perdiamo il concetto dei confini: niente problemi di lingua e di passaporto, diventiamo abitanti del mondo. Senza il disturbo dei documenti, possiamo recarci in qualsiasi continente, o nazione o villaggio sperduto e parlare nella lingua o nel dialetto del luogo.»,
«E i soldi, chi ve li dà, come fate col cambio della valuta? Poi,

dove li tenete ... non credo che esistano lenzuoli con le tasche.»,
«Noi giriamo sempre senza soldi,»,
«E fate bene, non si sa mai, c'è certa gente in giro!»,
«No, non è per quello, non abbiamo mai soldi con noi, ma, appena ci servono, ce li troviamo in mano: è un'agevolazione della quale godiamo.»,
«Un bel vantaggio,» faccio, ammirato, e sorridendo «Vorrei godere pur io di un tale privilegio!»,
«È una conquista di cui possiamo andare orgogliosi!»,
«Ma come siete riusciti, che governo c'era, chi ha firmato la legge?»,
«Quello proprio non lo so, hanno fatto tutto i sindacati!».
Ho trovato molto interessanti queste nozioni e mi sono proposto di scrivere un secondo libro sull'argomento.
Poi siamo passati ad altri temi più vicini a noi mortali, mi ha parlato della sua passione per il cricket, mi ha detto che, ogni domenica, assiste a un incontro e mi ha fatto il nome della sua squadra preferita, quella del cuore.
Quando gli ho chiesto se paga all'ingresso, mi ha risposto di no e mi ha spiegato:
«La mia coscienza m'imponeva di fare il biglietto, mi pareva giusto, come per tutti gli esseri umani, o ex, e, la prima volta, presentatomi col mio solito lenzuolo, mi sono recato al botteghino: tutti a fuggire, a urlare … fatto sta che ero l'unico spettatore. Poi ho deciso di andarci nudo, ma il bigliettaio, sentendo la voce e non vedendo nessuno è sbiancato in viso, a momenti gli veniva un infarto! E così ho preso l'abitudine di presentarmi nudo, cioè invisibile e non pagare. In tribuna qualche posto libero c'è sempre, lascio che inizi l'incontro, non si sa mai che qualcuno arrivi in ritardo, e mi siedo nello spazio riservato alle massime autorità. Da lì, mi godo lo spettacolo che è un piacere. Peccato che non possa fare il tifo, se gridassi "*Forza una.*" o "*Forza l'altra squadra.*" con la voce che proviene dal nulla, verrebbe fuori il solito pandemonio, ma mi diverto ugualmente.».
Io gli ho detto del mio amore per il calcio, gli ho parlato della squadra per la quale faccio il tifo e dei tanti incontri che seguo in

televisione.
Alle diciotto:
«Ora me ne vado, il lenzuolo dovrebbe essere già pronto, lo indosso, trascorro la notte vagando tra i ruderi della vecchia casa abbandonata, come ho fatto la notte scorsa e domattina di buon'ora, prendo il treno per la Scozia, il viaggio sarà un po' lungo, però, tranquillamente seduto nel vagone merci, sarà un piacere. E ancor meglio se mi capiterà un carro bestiame, quell'odore mi rammenta i bei tempi passati. Poi c'è la paglia, e quella, checché se ne dica ... non c'è materasso che tenga!»,
«Allude ai carri bestiame aperti?» faccio io,
«Sì, a me vanno benissimo, io che non soffro il freddo: potrò meglio ammirare il paesaggio, così diverso da quello scozzese. Amo la natura e, guardandola, il tempo vola!».
Dall'imbottitura della poltrona che si solleva, capisco che si sta alzando per andarsene, e infatti mi fa:
«Me ne devo andare, è stato un piacere conoscerla,»,
«Il piacere è stato mio! Due giornate veramente interessanti, e tante nozioni apprese, spero di vederla di nuovo.»,
«Beh» mi fa con accento sarcastico «sarà un po' difficile, nella migliore delle ipotesi, vedrà un lenzuolo.»,
«Ha ragione» gli faccio sorridendo «comunque, mi raccomando: si faccia vivo.»,
«Che poi mi faccia vivo,» ha aggiunto ridendo «sarà ancora più improbabile!».
Ci dirigiamo verso l'uscita e lì, sulla porta, gli faccio:
«Mi tolga una curiosità: perché, con tutte le persone che ci sono nel mondo, lei è partito dalla Scozia ed è venuto a trovare proprio me?»,
«Che vuole che le dica:» mi ha risposto «lei è l'unico, sulla terra, che crede ancora ai fantasmi!».

FINE

TEMPI DI COVID
E L'INTELLETTUALE NO VAX

È laureato in lettere, alcuni lo chiamano dottore, altri professore, anche se non ha mai insegnato: il suo nome è Flavio Coppetta e lavora presso un'importante casa editrice milanese, la direzione lo tiene in palma di mano.

Appassionato studioso della letteratura dell'Ottocento e del Novecento, ha coronato la propria laurea con una tesi dal titolo: *Luoghi, Tempi e Personaggi descritti dal Manzoni ne I Promessi Sposi*. E ha continuato a studiare il Milleseicento con le sue mode, le persone, le usanze, il parlare di allora. Talvolta s'immedesimava ed entrava in certe situazioni, fondendosi nei personaggi e rivivendone i dialoghi così come li aveva immaginati Alessandro Manzoni.

Per dirla come lui, si considerava un buon secentista, benché a quel *buon* che appare, scritta dallo stesso autore, nell'introduzione al romanzo, questi non avesse attribuito il significato di *bravo*.

A parte la sua profonda erudizione storica, letteraria e filologica, è uno come tanti, serio nello svolgere la professione, contro ogni forma di violenza, onesto e innamorato della moglie con la quale è felicemente sposato; non hanno figli, ma sono giovani e c'è tempo. Guarda la televisione, *quanto basta* e legge, legge tanto: dai classici ai libri attuali, e non solo per lavoro.

Abita a Milano, oltre la cerchia dei navigli, in un bell'appartamento di un grande palazzo di recente costruzione.

Non appare in televisione, ma scrive pubblicazioni di nicchia per alcune riviste letterarie che, pur non facendolo conoscere al grande pubblico, lo pongono nella folta schiera di apprezzati intellettuali che tra loro comunicano e si stimano.

Non s'interessa di politica, specie di quella che potrebbe procurargli notorietà e vantaggi. Dell'arte di governare, di gruppi sociali, di partiti, non ne ha mai voluto sapere; guai dirgli che è di destra, anche se a suo tempo ha gridato «Roma ladrona!» e ne ha dette tante contro chi vuole aprire agli emigranti. E neppure vuole essere considerato di sinistra, ma da sempre urla contro i padroni sfruttatori, si affianca agli scioperanti, si batte per ridurre le ore lavorative e sta dalla parte dei più deboli, compreso chi fugge dai paesi poveri.

Perché, dimenticavo, non gli va bene niente: contesta, protesta contro tutto e tutti, è una sua debolezza, che volete: nessuno è perfetto.

A scuola, scioperava in nome della fame nel mondo, dello sfruttamento, della guerra, degli straordinari, del cottimo, si batteva per la parità dei sessi, inveiva contro la caccia e non so che altro.

Lo stesso faceva contro gli insegnanti: che pretendevano chissà cosa, che facevano le preferenze, che non erano in grado di spiegare, che erano troppo severi o che non sapevano imporsi.

Scendere sulle piazze: lui voleva questo, non per distruggere, ma per far sentire la propria voce. Ovviamente è un no tav e si batte contro la realizzazione delle infrastrutture per l'alta capacità e l'alta velocità ferroviaria. È stato un convinto no vax, nel senso di tutti: via l'obbligo vaccinale, ciascuno doveva decidere con la propria testa. Questa protesta è però durata poco, chi la portava avanti ha cambiato ruolo e pian piano non se n'è più parlato.

Da giovane lo faceva apertamente: qualunque fosse la manifestazione, lui era in testa a tutti ed era quello che urlava più forte. Ora appare meno, lo fa in maniera discreta: non sta più in prima fila e nelle riprese televisive non è lui a guidare i cortei. Ma c'è, e resta tra i più attivi in quanto a organizzare.

Possiede due telefoni, un numero è quello dell'intellettuale, il secondo è quello del contestatore: no tav e no … tutto, anche ... ora ci arriviamo.

Anno 2020: dalla Cina arriva il Corona Virus, il Primo Ministro ci chiude in casa, del virus si sa pochissimo, non esiste un protocollo terapeutico: i medici di famiglia e quelli degli ospedali non sanno che fare. I luminari della medicina, che ne sanno quanto loro, sono presenze fisse in televisione; profumatamente pagati:

blaterano, vanno a indovinare, sparano sentenze, fanno previsioni, contestano le dichiarazioni dei colleghi e incollano il pubblico ai televisori. In maggio giugno si riprende a uscire, ma con la mascherina.
Chi parla di Virus debellato, chi in fase di esserlo e chi di prossima ripresa, tutti dicono la loro.
In settembre-ottobre c'è la nuova ondata che non è da meno .
Finalmente è pronto, arriva in Italia: a fine dicembre dello stesso anno iniziano le vaccinazioni. Cominciano col personale sanitario e con gli ospiti delle Rsa, poi i vecchi, gli anziani, gli esercenti e, via via, fino ai bambini, e c'è il richiamo, poi la terza dose.
E col vaccino, spuntano i no vax: nei social spopolano e blaterano di decessi avvenuti in fase di iniezione o poco dopo, di miriadi di persone che diventeranno impotenti o incapaci a generare, della comparsa di patologie mai esistite, di nuove e misteriose malattie procurate dal vaccino, di generazioni che scompariranno e di centinaia di morti al giorno. Nascono i gruppi WhatsApp con messaggi terroristici messi in bocca a illustri scienziati, mai sentiti nominare. Spesso ne omettono il nome e parlano di medici, di studiosi, di immunologi e di virologi *di chiara fama, molto seri e preparati, titolari di importanti cattedre universitarie*, di *luminari che preferiscono non esporsi.*
Oltre ai timori di conseguenze terribili, l'incubo delle case farmaceutiche che arricchiscono pervade quelle persone: si sa, non sono pochi quelli ai quali dà più fastidio la ricchezza degli altri che la miseria propria. Si tenta di lanciare il movimento *no ca farm*, ma, in concorrenza col no vax, non prende piede.
Comunicati di poche righe, dichiarazioni, lunghe esposizioni, interviste, conferenze, quasi tutte sui social, il Dottor Flavio Coppetta le segue attentamente e ne accetta il contenuto come oro colato. È presente in tutti i gruppi, di alcuni è fondatore e amministratore. Qualsiasi raduno sia indetto, lui c'è: un giro di messaggi e di telefonate e tutto il paese sa: e Flavio non manca mai; disponibile a spostarsi, chiede uno o due giorni di permesso o di ferie anticipate e parte.
Il vaccino talvolta diventa oggetto di conversazione in ufficio, per-

ché lui non nasconde di essere contro, anzi, cerca proseliti, ne parla senza remore, pur in maniera garbata, e ogni scambio d'idee si chiude col classico "*ciascuno ha il proprio punto di vista*".
Ama discutere con chiunque di Corona Virus, dei vari immunizzanti e di no vax: sempre in modo urbano, lo fa con competenza, conoscenza e rispetto per l'interlocutore.
La moglie, persuasa da lui, lo segue ovunque, pure lei è no vax, anche se più per amore e stima per il marito che per convinzione.
Talvolta, a manifestare sono in tanti, spesso in moltissimi, altre in pochi, a volte in pochissimi: non importa, lui è pesente e lei lo accompagna quasi sempre.
È un convinto no vax e niente lo smuove.
Poi ci sono le manifestazioni contro i governanti che attentano alla libertà: di recarci al lavoro, di frequentare i locali pubblici, di non portare la mascherina, di riunirci; e anche lì, tutti e due in prima linea, pur se non in testa ai cortei.
La maggioranza degli italiani, però, non la pensa come loro, i più non sono no vax e, ben lieti di farsi vaccinare, fanno le code nei centri appositi, siamo arrivati a percentuali che superano l'ottanta per cento e le cose vanno meglio. Ricordo quello che accadeva in febbraio, marzo, aprile dell'anno prima: quale tristezza!
Col vaccino, i positivi calano drasticamente, poi in pieno inverno crescono, ma i decessi sono sempre meno e i ricoverati, in gran parte, non hanno fatto il vaccino; i no vax però: imperterriti! L'evidenza non li smuove; ce ne sono dappertutto: tra imprenditori e impiegati, tra i medici e gl'infermieri, tra gli operai e gli impiegati, tra avvocati e commercialisti; e tra gli intellettuali che lavorano nelle case editrici, sto alludendo a Flavio Coppetta.
Trascorrono i mesi e loro: sempre sulla breccia, forse sono calati di numero, alcuni sono meno convinti, molti si stanno moderando, ci sono i ripensamenti, la nostra coppia, però, è certa che i vaccini portino alla morte, tutti e due fanno parte degli *irremovibili*, lui e lei di riflesso.
Coppetta non ha dubbi e continua la sua battaglia, tamponi a proprie spese, permessi, ferie, ma di vaccinarsi non se ne parla. I ripetuti inviti televisivi di politici, medici e giornalisti non valgono

a nulla, lui, lei, gli amici dei loro gruppi:
«Vedrete quando, quello che hanno messo loro nel sangue farà l'effetto.»,
«Un famoso scienziato, *che preferisce restare anonimo,* ha garantito che se ne salveranno ben pochi!»,
«Non riesco a immaginare che cosa accadrà.»,
«Sarà un disastro!»,
«Una peste dei tempi moderni.»,
«E noi ce la rideremo.»,
«Noi che abbiamo visto lontano!»,
«Noi che non ci siamo vaccinati.»,
«Sarà come la peste a Milano.»,
«Ma colpirà tutto il mondo!».
La moglie che lavora in smart working aggira l'ostacolo, ma Flavio senza tampone non può muoversi: sono tutti negativi e lui se ne vanta, tra un'alzata di spalle e qualche sorriso ironico. E, con tono di sfida, beffeggia quelli che si sono fatti vaccinare: «Ovviamente.», «Cosa vuoi che trovino!», «E i tamponi ce li siamo pagati per niente!», «No, per arricchire le case farmaceutiche.». Passavano quindi ai commenti ironici «E se ci trovano la peste!», «Incolperanno gli emigrati che definiranno novelli lanzichenecchi.», «Mi sono già proposto per un posto di monatto.», «Anzi per direttore del lazzaretto.» e tutti ridevano, e lui in testa.
Flavio Coppetta non ha smesso di ridere neppure quando, fatto il tampone, è risultato positivo, «Sarà un errore, volete capirla che il Corona Virus non esiste, che è tutta una montatura per iniettarci chissà cosa e per dare soldi alle multinazionali, e i fessi che ci credono!».
Anche quello molecolare conferma la presenza del virus.
Scatta la quarantena: resta chiuso in casa, la moglie gli sta lontano. Gli amici chiedono notizie al telefono, a quelli no vax, risponde ridendo e invia messaggi rassicuranti. E invece, i sintomi sono chiari: malessere generale, perdita di gusto e olfatto, febbriciattola e senso di spossatezza.
Lui, al telefono, minimizza. Anche col medico che, comunque, gli ordina la Tachipirina; ma il giorno dopo, quando apprenderà di

una tosse secca e persistente, verrà a visitarlo:
«Vada avanti così per due giorni» gli fa «e se non ci sono miglioramenti o se peggiora, mi chiami immediatamente.».
Dopo due giorni, è la moglie che telefona, lui fatica a parlare e a respirare, non si alza dal letto. Il medico diagnostica insufficienza respiratoria e lo fa ricoverare d'urgenza.
Immediatamente fanno la Tac e costatano la polmonite bilaterale.
Il Dottor Coppetta non ci crede, dapprima rifiuta il casco.
Insistono, quasi lo costringono, ma la saturazione non migliora e decidono per la terapia intensiva.
La moglie è tenuta informata a mezzo telefono. È lo stesso Primario a fare la prima chiamata, sapeva qualcosa di questo intellettuale tanto considerato tra gli addetti ai lavori e così poco *strombazzato* e le ha chiesto conferma che fosse proprio lui.
Sedato, perde conoscenza: disteso a pancia in giù, viene intubato.
Alimentato via flebo, trascorrono dieci giorni.
Poi decidono per la tracheotomia: altri sette giorni.
Ora sarà lui, l'intellettuale studioso di letteratura e profondo conoscitore del periodo che Manzoni ha immortalato, a proseguire la narrazione; talvolta lo farà con un linguaggio non suo, ma a lui tanto caro.
Dottor Flavio Coppetta, a lei la parola.

....

Mi sveglio, mi sento bene, mi giro, mi metto in posizione supina e mi libero del respiratore, con mossa energica, tolgo le sponde e siedo sul letto; osservo, ascolto: non vedo, non sento nessuno,
«Infermiere.» chiamo, «Dottore.»,
«C'è qualcuno?» chiedo ad alta voce, «Non c'è nessuno qui?».
Mi guardo attorno, la vista è leggermente offuscata, ma noto che quella grande stanza piena di macchinari, di strumenti, di tubi, di monitor, è deserta. Né medici, né paramedici.
Mi alzo in piedi, mi stropiccio gli occhi e mi stiro soddisfatto: mi sento bene e la vista non è più annebbiata.
Non so: mi trovo già vestito. Estraggo il telefonino e chiamo mia moglie; compongo il numero e me la vedo davanti. Mi spiega che negli ultimi dieci giorni è accaduto quello che io, lei, i nostri amici

avevamo previsto: escluso i no vax, tutta la gente sta morendo. Mi dice che per le strade non si vedono che delle specie di ambulanze, grandi come torpedoni, che procedono lentamente, fermandosi presso case e palazzi. L'ascolto e m'accorgo che lo fa con la mia voce, ma non ci do peso.
Le domando com'è passata all'ingresso «Non è vietato?» domando stupito «Quando mi hanno ricoverato, non ti hanno detto che i familiari, da quando è scoppiato il Covid, non possono entrare nella struttura?»,
«Non c'era nessuno e io sono passata tranquillamente.» mi risponde, ora con la sua voce.
Le chiedo com'è riuscita a trovarmi ed esclamo: «Chissà a quanti avrai chiesto!»,
«A quanti… non c'era un medico, non un infermiere! Poi ho notato un tipo che ricordavo di aver visto a una manifestazione no tav, mi ha detto di essere anche no vax, di lavorare lì e di star bene, però gli altri: medici, infermieri, ammalati, tutti coloro che hanno fatto il vaccino sono morti o stanno morendo.»,
«Era da immaginare,» sentenzio con spavalderia «è quello che noi abbiamo sempre saputo! Tu starai bene invece.».
Mi risponde che da dodici giorni non è in forma, che sente un malessere crescente e chiede come sto io.
Io che mi sento forte come un toro, sorrido e, a braccia conserte: «Benissimo, avevo ben ragione a non voler fare il vaccino!»,
Lungo il corridoio, odo uno scricchiolio prolungato, come uno scorrere di ruote, mi affaccio, è una fila di barelle che sembrano voler creare un lungo treno, su ciascuna c'è una salma. Tra i tanti riconosco il primario e gli altri medici, gl'infermieri, i tecnici, l'intera équipe che, prima d'intubarmi, mi ha accolto ed esaminato. In fondo c'è uno che spinge questa specie di convoglio, indossa un camice rosso e al piede ha una campana che suona di continuo, quelle vecchie campane che le vacche portano al collo, pascolando per i prati. È il suono festoso di sempre, ma io lo trovo macabro, non so, non riesco a capire, sono confuso.
Mi sento di odiare quel turpe monatto, faccio per avvicinarlo, per sapere qualcosa, ma quello se ne va incurante, salvo uno sguaiato

saluto a mia moglie. Lei mi spiega che quello è il no tav e no vax incontrato prima.
Le chiedo se è stato lui a dirle, dove mi trovavo, ma non è la sua voce, quella con la quale mi risponde, neppure la mia, forse è con la voce di lui che mi spiega di aver avuto soltanto l'indicazione dell'ufficio, dove registravano i ricoverati e lei scartabellando, frugando nel computer è riuscita a capire, dov'ero. E le domando ancora come sta, e lei, con la sua voce, mi conferma di quel disturbo che da dodici giorni, la assilla sempre più forte. Le rispondo che non sarà nulla.
Poi le chiedo di lui, dell'unico vivo, del no vax: che cosa faceva, che le ha detto, se hanno chiacchierato:
«Non faceva niente, si guardava attorno confuso, mi ha dato il consiglio per trovarti e basta, era mogio, come spaesato, girava per quei corridoi vuoti, quelle stanze abbandonate, come uno zombi.»,
«Strano, invece di essere orgoglioso della sua scelta, mah, affari suoi.» faccio, e poi «Beh! Cosa aspettiamo, andiamo a casa. Guido io, che facciamo prima: ho un appetito che divorerei un vitello!».
Prendiamo il corridoio che, dopo il passaggio di quel convoglio di morte, si è fatto buio come la notte, pochi istanti e ci troviamo in auto. Procede lungo strade tutte vuote, ma non sono io a guidarla: sembra andare da sola, mentre io osservo quei luoghi ora dei tempi nostri, ora che mi portano alla mente periodi lontani, da me illustrati nella tesi di laurea e sui quali scrivo e studio tuttora.
Mia moglie mi riprende da queste visioni oniriche e:
«Non ho molto in frigo, sono dieci giorni che non esco, al primo supermercato dobbiamo fermarci a comprare qualcosa.»,
«E dobbiamo pure fare benzina.».
L'auto si arresta a un grosso supermercato, il parcheggio è vuoto, «Bene! Così facciamo presto.» sentenzio e invece: all'ingresso c'è un cartello *Chiuso per decesso del personale*.
Parcheggiatore abusivo o povero che chiede la carità, non saprei: un ragazzo di colore se ne sta lì, con le braccia incrociate, gli occhi fissi verso quel luogo di sosta, un tempo zeppo di auto. Indossa calzoni larghi, allacciati sotto il ginocchio e che lasciano scoperto il polpaccio, scarpe logore, una giacca che arriva alle cosce, fer-

mata ai fianchi con un legaccio, porta un cappello lercio.
Lo riconosco e lo ricorda pure mia moglie: non mancava mai alle manifestazioni no vax. Gli do due euro e gli chiedo se sa di un distributore aperto nei pressi, quello si stringe nelle spalle e «Chissà!» mi risponde con accento desolato.
Si capisce che non ha voglia di parlare, ma io lo sprono e aggiungo con tono soddisfatto: «Hai visto che eravamo nel giusto!».
Lui scuote la testa e io «Che si dice in giro, che nuove mi porti, io sono appena uscito dalla terapia intensiva.», ma quello scompare.
Stiamo per entrare nell'auto quando lo vedo di nuovo e gli ripeto: «Quali nuove mi porti, che si dice in giro?», «Chi?» fa lui, e continua sospirando «i giornali non escono più, le televisioni fino a ieri trasmettevano solo dei comunicati di pochi minuti»,
«Ma di noi, voglio sapere, noi che ci siamo battuti contro vaccini e case farmaceutiche?»,
«Il Governatore aveva deciso di assumerne una parte come monatti, chi a togliere i cadaveri dalle case, dalle strade e dal lazzaretto, chi a condurli con i carri alle fosse e chi a sotterrarli.» e scompare di nuovo, si fa buio attorno a me, come in quel corridoio di morte di prima; e provo un senso di smarrimento. Sono di nuovo nell'auto che procede lenta; mia moglie mi è a fianco con evidenti segni di malessere crescente.
Nessun distributore aperto, anche i supermercati sono tutti chiusi, le strade sono deserte, salvo quegli immensi torpedoni carichi di morte, mi arresto presso uno trasformatosi in un carro trascinato da sei buoi e chiedo a quello che li guida, frustandoli selvaggiamente, se sa indicarmi un distributore aperto: mi risponde con una risata sguaiata.
È un grande convoglio carico di cadaveri accatastati l'uno sull'altro, mia moglie è sempre più sofferente e desiderosa di rientrare. Incurante di lei, l'auto si ferma dietro il carro che si arresta innanzi a un palazzo.
È di stile anni 'sessanta, in qualche punto è scrostato, offuscato dagli anni, ma vi traspaiono i segni di una costruzione un tempo maestosa e tuttora abitata da notabili e persone degne di riguardo. Vedo discendere due turpi monatti con una barella nella quale

giace, nel sonno eterno, una signora il cui aspetto annuncia una giovinezza avanzata, ma non trascorsa, li segue il marito molto più anziano di lei, veste di un'eleganza d'altri tempi, cammina tenendo un bastoncino da passeggio nero col manico d'osso, che, forse, era stato del padre o di altro antenato. La sua andatura non è cascante, ma affaticata, si vede che non gli restano molte ore; gli occhi non danno lacrime, ma portano il segno d'averne sparse tante, «Vi prego, adagiatela con cura, non fatele male.». Così dicendo, estrae il portafogli e lo lascia cadere nella mano che il monatto gli tende. Poi, con un tono di preghiera: «Permettetemi di salire sul carro e di stendermi accanto a lei, vi risparmierò di tornare, più tardi, a prendermi.».
Il monatto tutto premuroso e quasi ossequioso, più per il nuovo sentimento, da cui era come soggiogato, che per l'inaspettata ricompensa, s'affacenda a fare spazio, dove stendere la donna, aiuta l'uomo a salire. Lui le si distende a fianco, le mette un braccio sotto il capo e la stringe a sé.
Commosso per cosa che non avrei voluto vedere, sorpasso il convoglio e me ne vado, ora sono io che conduco l'auto.
Domando a mia moglie se sapeva di tale calamità che affligge Milano e da quando si protrae, ma glielo avevo già chiesto, poi «A proposito, per quanto tempo sono stato intubato?»,
«Diciassette giorni!», mi fa e mi spiega che lavorando da casa, esce solo ogni tanto per la spesa e che sarebbe dovuta andare a farla oggi o domani. E aggiunge: «Per dieci giorni tutto ha proceduto come al solito, con quelli della ditta stavo regolarmente in contatto, tutti i supermercati erano aperti e, lungo le strade, c'era il solito traffico.».
E mi ha illustrato la sua sorpresa, divenuta poi sbigottimento, alle telefonate, senza risposta, fatte ai colleghi che lavorano in sede, al costatare che la televisione non trasmetteva più e che, guardando fuori, il traffico si riduceva di continuo. Dei supermercati non sapeva niente. E con gli occhi pieni di stupore: «È accaduto tutto in sette giorni! Era cosa che non s'aspettava, pur se noi si sapeva che prima o poi la si sarebbe avvenuta.».
Per le strade incontriamo altri grossi convogli, da lontano mi ap-

paiono come torpedoni, mi avvicino e vedo che sono scoperti e trainati da buoi, e scorgo i monatti, quei loschi figuri in camice rosso con al piede un campanello dal suono che parmi esser semre più macabro. Entrano nei palazzi ed escono con le barelle cariche di cadaveri, e ciascuna, ogni volta, ne contiene di più, uno sull'altro fino a fare delle pile di uno o due metri, ma essi sembrano non fare fatica e, tra loro, sghignazzano sguaiatamente: sento di odiarli. Quello spettacolo di morte mi procurava un'effetto di morbosa curiosità che mi faceva minimizzare i lamenti di mia moglie.
Le persone che se ne vanno a piedi sono poche, camminano rasenti i muri, alcune vestono logori manti di colori indefiniti, altre indossano calzoni allacciati al ginocchio e la giacca legata alla cinta. Alcuni sono scalzi. Tutti portano sporchi cappellacci. Sono gente alla buona, popolani, si guardano tra loro con diffidenza, ciascuno vede nell'altro un untore e si assesta la mascherina. Le donne sono poche, e quelle che vedo indossano lunghe vesti nere.
Passa un'elegante carrozza: le scure tendine m'impediscono di osservarne l'interno, le trainano due pariglie di cavalli bianchi guidati dal cocchiere in cassetta, ma lui non c'è e la frusta scudiscia da sola. Arriviamo a casa col serbatoio quasi vuoto e senza aver preso quel tanto per sfamarci.
L'ascensore non c'è, ma il fatto ci lascia indifferenti, saliamo le scale a piedi, mia moglie ansa ad ogni gradino, l'aiuto. Giunti in cima, faccio per estrarre le chiavi, non le trovo, spingo l'uscio, fatto di assi vecchi e tarlati, e si apre: è lo stesso buio di morte che mi ha accompagnato lungo il corridoio dell'ospedale e che mi ha avvolto poi, nel parcheggio. Entriamo e le stanze s'illuminano:
«E ora?» mi chiedo, mia moglie s'è distesa in poltrona, è sfinita. La lascio un momento e vado a bussare dall'inquilino di fronte, non risponde e neppure un altro, né un altro ancora e neppure ...
«Il palazzo è vuoto!» penso, mettendomi le mani nei capelli.
Ritorno, mia moglie sembra ripresa un po', siede sullo scalino del focolare spento, «Dovrei chiamare il medico,» faccio, non ricordo se rivolto a lei o come se parlassi da solo: «mi dovrà prescrivere qualcosa, dopo diciassette giorni d'intubazione.».
Lei, con voce affaticata, «L'ho cercato ieri, te l'ho detto che non

sto bene da dodici giorni …»,
«Non avrai fatto il vaccino!»,
«L'ho chiamato dieci volte,» continua eludendo la domanda, «non mi ha mai risposto: sarà morto anche lui.».
Chiamo un amico no vax, gli dico di essere uscito dalla sala di rianimazione e di stare benissimo, quello si congratula, ma lo fa in modo sbrigativo e, alla mia richiesta di notizie, mi conferma quello che i miei venticinque lettori ben sanno. E quando gli dico che non ho idea di dove fare la spesa perché tutti i supermercati sono chiusi, quello, con quel senso di doppia amarezza che si prova innanzi a grave calamità, «Beato te che pensi a desinare, io mi sento perso, inerme come animale senza artigli e senza zanne!» e chiude il telefono.
Ne chiamo un altro che ricordavo come un gran chiacchierone, gli dico della mia guarigione, quello ascolta e «Che cosa vuoi?» mi fa. Gli chiedo se sa di un supermercato aperto,
«C'è n'è uno in periferia, un po' lontano da casa tua» e mi dà l'indirizzo, e continua «Il proprietario è un no vax come i suoi familiari. Tutti vanno lì, finché mercanzie ci saranno, poi … chi vivrà vedrà.». Afflitto, perché il serbatoio è quasi vuoto e là non saprei come arrivare, ma non scoraggiato, chiedo:
«Ma la politica che fa, pubblica grida, emana bandi?»,
«Il Governatore aveva accennato alla possibilità di arruolare …» e mi racconta quello che l'altro al parcheggio mi aveva già narrato e continua: «Stava per firmare la grida, ma è morto, chissà se sarà sostituito, si dice che dei Membri del Consiglio non ne sia rimasto neppure uno.»,
«E chi è che lo dice?»,
«L'ho letto nei social, la televisione non trasmette più.», e con voce mesta «Beh, ciao, se avrò novità ti chiamerò.» e mette giù il telefono, senza altro proferire.
Guardo mia moglie, ma non c'è, sembra svanita e tra me, scuotendo la testa con gli occhi fissi al cielo, come un uomo sbalordito dalle disgrazie:
«Sì, eravamo dalla parte della ragione, noi no vax, ma che vale aver previsto il vero se questo è il mondo che ci attende!»,

«Meglio morire anche noi.» grido. Mia moglie è ricomparsa e sen sta zitta zitta; la finestra è aperta e mi affaccio, già principiava a farsi buio, ma vedo ugualmente le strade che sono deserte. Un gatto, del quale il segno delle ossa sporge oltre il manto spelacchiato, attraversa la via. Un cane scarno, cosparso di mosche attirate dalle croste, sen va lento al centro della viottola.
Uno di quelle specie di torpedoni rossi sta caricando cadaveri, due lacrime mi offuscano la vista. Mi asciugo ed esso è diventato un carro di morte trainato da buoi i quali, in attesa di ripartire, a colpi di coda cacciano le mosche.
Allungo la vista: né auto, né pedoni, una desolazione opprimente. Guardo sotto e, lungo il marciapiede che costeggia il palazzo, vedo un tipo che cammina di passo lesto, veste diverso dai precedenti, indossa abiti simili ai miei «O, quell'uomo,» grido, «pure voi, no vax?», «Volesse iddio!» risponde «Io ho fatto tutti tre i vaccini e sto malissimo!», «Però non voglio morire per istrada, per divenir cibo di cani e gatti.» e s'allontana.
Rientro, chiudo la finestra, guardo mia moglie distesa su un panchetto di legno, capisco che sta malissimo, il viso è affaticato, «Come vi sentite?» le chiedo, ella dice di sentire un mal essere, un abbattimento, una fiacchezza di gambe, una gravezza di respiro, un'arsione interna, che non sa a che attribuire.
Apro il frigorifero, è quasi vuoto, con fare che interroga, esclamo: «Tutto qui?»,
«Sì, non c'è altro,» fa lei con voce grave e pietosa «te l'ho detto che sono dieci giorni che non esco a fare ...», ma gli manca il fiato, «Vuol dire che moriremo … » guardo desolato lei, che giace ormai salma, e non so dir quel ch'io sento passare nel mio cuore, «che morirò di fame.»,
«Morirò per mancanza di cibo, ora che sono guarito, perché io sto bene, me la sono cavata, sono scampato, io non ho la peste!».

………………………………………………………………

Ma lasciate che torni io a narrare, i medici, accortisi che tutti i parametri vitali erano in via di miglioramento, che il quadro polmonare era buono e che poteva dirsi clinicamente guarito, riducono l'anestesia e lo stubano.

Il risveglio è lento, si trova in una specie di dormiveglia, non riesce a orientarsi nel tempo e nello spazio, è come assopito e non reagisce alle domande garbate dell'anestesista e del medico pneumologo che gli sono attorno assieme a due infermieri e ad alcuni specializzandi.
Passa, per il solito *giro-letti*, il Primario e: «Toh, l'intellettuale ci sta cavando i piedi!» fa tra sé e rivolto a lui «Dottor Coppetta,» esclama con voce squillante «ce l'abbiamo fatta!».
Questo apre gli occhi, si muove, si guarda attorno, mentre fatica a riprendere conoscenza, e con un filo di voce:
«Gli stessi che mi hanno accolto e deciso d'intubarmi!», «Allora siete tutti vivi!».
Alcuni fanno le corna, altri si toccano, due infermieri si voltano per farlo più liberamente, le infermiere e le dottoresse sorridono; tutti lo ascoltano incuriositi e lui continua con voce impastata:
«In che anno siamo?», «È il lazzaretto questo?».
Il Primario, rivolto a quelli attorno e dietro di lui:
«Non si è ancora ripreso, può accadere che, al risveglio, il possibile sogno continui.», poi, guardando il paziente, «Ha superato il momento critico e si sta avviando verso la guarigione, possiamo dire che è tutto passato.».
L'Intellettuale, conscio che il peggio era terminato, con voce più limpida si abbandona a un misto di ricordi e immaginazione che lascia ogni astante all'ascolto, in silenzio: «Principiò come una grandine di goccioloni radi e impetuosi che, battendo sulla strada bianca e arida, sollevavano un minuto polverio; essi, pian piano, diventaron fitti e, prima che arrivassi alla viottola, la veniva giù a secchie. Me la godeva in quella rinfrescata, che pure all'erba e alle foglie dava sollievo; mettevo certi respironi larghi e liberatori. Ma quanto più schietto e intero sarebbe stato questo mio sentimento, se avessi potuto indovinare che quell'acqua portava via il contagio; che, dopo quella, il lazzaretto, se non era per restituire ai viventi tutti i viventi che conteneva, almeno non n'avrebbe più ingoiati altri!».
Il primario e l'intera équipe ascoltano, rapiti, Flavio Coppetta che si sta riprendendo, che sembra uscire da quella confusione mentale

che gli ha fatto fare un tutt'uno del milleseicento e del duemila.
L'intellettuale, con gli occhi spalancati, osserva quelli attorno a lui, li guarda a uno a uno e: «Veramente siete tutti salvi!» esclama con un misto di gioia e sorpresa.
È il Primario che, col medesimo stupore, gli risponde «Perché questa domanda, non era lei l'ammalato?».
Flavio, non ancora tornato in sé, pensa: «Come, non erano loro a morire di peste! Io, mica mi ero vaccinato!», «O forse …» e poi, rivolto a quelli attorno a lui:
«Ho avuto la peste?»,
«No la peste, ma il Corona Virus,» risponde il Primario «E le confesso che dubitavo molto che … quando si entra nella terapia intensiva …»,
«Si vede, che ha un fisico forte!», fa un altro medico «Complimenti!»,
«Le è andata bene,» sentenzia il Primario «ma solo ieri abbiamo cominciato a capire che ne stava venendo fuori.».
Il Dottor Flavio Coppetta, risvegliatosi del tutto, sorride:
«Ce l'avete fatta, grazie!»,
«Non siamo noi ad avercela fatta, ma la scienza, la medicina, la tecnologia e quella dose di fortuna sempre necessaria.»,
«Fortuna che non avrebbe meritato,» fa un infermiere subito azzittito dal Capo.
Flavio, come un bambino colto a rubare la marmellata, abbassa gli occhi, è confuso, non sa che dire. Chiede se sanno qualcosa della moglie, se è viva,
«È viva, è viva,» gli risponde il Primario «Stia tranquillo!»,
«Sua moglie, poverina» fa la caposala «telefonava tutti i giorni!»,
«Io» aggiunge un'infermiera «l'ho conosciuta dodici giorni fa, quando è venuta per la prima dose.»,
«Ah,» fa Coppetta con un sorriso «si è vaccinata! Che bella notizia mi avete dato!» e tra sé «Che sogno terribile … io che passavo da un'epoca all'altra, che, senza capire, mi movevo tra due mondi tanto distanti tra loro, e mia moglie che ho visto morire. È viva invece,» e, sospirando lieto «per fortuna!»,
«Le abbiamo già comunicato del suo risveglio,» riprende la capo-

sala «ha fatto un urlo di gioia!»,
«Peccato che non possa venire a trovarmi, ma sono le regole e a quelle bisogna attenersi, basta contestare, basta opporsi alle norme stabilite da chi di dovere.».
Dalla sala intubazione l'hanno passato al reparto: in una stanza con altri due, dove è rimasto per la riabilitazione.
La voce che fosse un laureato in lettere, un intellettuale che pubblica su riviste di nicchia si era sparsa e i due compagni di stanza provavano, nei suoi riguardi, una certa soggezione. Non si sono mai permessi, aspettavano che fosse lui a rivolger loro la parola.
E quando Coppetta lasciava la stanza per la riabilitazione, tutti e due:
«Che stronzo, non ci considera proprio!»,
«Quelli hanno la puzza sotto il naso.»,
«Lo sappiamo bene che arrivano lì, grazie alla politica.»,
«Ieri mattina gli ho chiesto se aveva dormito bene, mi ha detto un "*sì*" proprio perché doveva e si è voltato dall'altro lato.».
Le ragioni della sua presunta alterigia erano ben altre: temeva che da discorso a discorso si arrivasse là e non amava parlare di Corona Virus, di vaccini e di no vax.
È rimasto in Ospedale dieci giorni, poi ha salutato i due compagni di stanza con un sorriso e un "*salve*". Ha stretto la mano al Primario e a ciascuno dell'équipe medica che lo ha salvato, ha ringraziato, si è scusato per il disturbo e se n'è andato per terminare la riabilitazione a casa.
Lei lo attendeva all'uscita e l'incontro è stato come diversamente non poteva essere, poi lui:
«Lo so già e hai fatto bene. E come stai?»,
«Ottimamente! Ho deciso dodici giorni fa, e appena i medici te lo consentiranno lo farai anche tu, vero?»,
«Certamente e scusami se ti ho convinta a non farlo prima!»
La voce della guarigione si è sparsa attraverso i tanti gruppi, i suoi amici no vax ne sono stati tutti lieti, molti di loro avrebbero voluto congratularsi, ma lui aveva buttato il secondo telefono.

FINE

LA CONTESSA NELLA TINOZZA E LE SUE ANCELLE

Alla maratona non competitiva, che aveva avuto luogo a Napoli Sud Est, aveva preso parte anche Mario Fusco e, come tutti, aveva ricevuto un diploma di partecipazione, neppure una targa d'alluminio anodizzato: un normalissimo diploma su finta pergamena. Stampato a più colori e col suo nome.
Che lui aveva deciso di incorniciare.
Ce l'aveva fatta e, orgoglioso, si era recato dall'amico Gennaro: la sua è una modesta bottega con retro, ma per lui è una Galleria d'Arte con annesso laboratorio atto a fornire, a chi acquista stampe, dipinti o incisioni, un servizio completo.
In realtà non è come vorrebbe lui, di questi ne vende ben pochi, nella maggior parte dei casi, sono i clienti che gli portano fotografie o diplomi o altro da incorniciare; e spesso si deve accontentare dei pochi euro che incassa da quelle *a giorno*: masonite, vetro e quattro gancetti. Però, grazie a quegli otto o dieci clienti rimasti che abitano in centro e per i quali periodicamente realizza cornici di pregio, grazie a quei quattro o cinque pittori dilettanti che, pur tirando sul prezzo, qualcosa gli danno e grazie a qualche cliente occasionale, ogni mese riesce a quadrare il bilancio. I muri sono suoi e ce la fa.
Aveva ereditato l'attività dal padre, ma era stato il nonno, il fondatore. Anche lui si chiamava Gennaro, era uno di quelli che ora chiamano pittori della domenica: poco talento, ma tanta passione. Suo padre lo ha aiutato e Gennaro Senior ha impiantato una galleria con laboratorio per cornici. Ora l'esercizio si trova nella media periferia di Napoli, in mezzo a decine di palazzi pieni di appartamenti, ma allora, era ai bordi della città, oltre c'era la campagna.
Salvo quei trenta e più benestanti che abitavano in centro città e

dai quali si recava personalmente, quando dovevano far incorniciare dipinti importanti acquistati a qualche asta a Londra, o a Parigi o in altre località, non disponeva di una particolare clientela. Specie come gallerista, attività a cui, anche lui, teneva di più.
Serviva gente modesta che doveva riempire le pareti; persone che non conoscevano neppure la differenza tra originali e riproduzioni, tra un dipinto a olio e una stampa, persone alle quali, se parlavi di acquerelli, pensavano al laghetto dove sguazzavano le anatre. Anche come gusto estetico: bastava un fienile che richiamasse vagamente quello del casolare, dove stavano loro, perché lo considerassero bellissimo e acquistassero il quadro. E così per le immagini di cani o gatti: era sufficiente che una stampa richiamasse il loro perché, guai lasciarsela sfuggire.
Da allora, tolte le attrezzature, è cambiato ben poco. I ricchi che abitano in centro e dai quali si reca personalmente per incorniciare le opere che gli danno, pur ridotti a un terzo rispetto ai tempi del nonno, ci sono ancora. Per il resto: una clientela non molto pretenziosa, alcuni dipinti lasciati in vendita da qualche pittore della domenica e stampe di artisti del passato che i suoi avventori guardavano con occhio *inesperto*.
Come ho scritto, anche per Gennaro junior, la sua era una *Galleria* e considerava l'incorniciatura un servizio aggiuntivo, ma per tutti quelli della zona e per Mario Fusco, il protagonista di questa storia, lui era *il corniciaio*, e infatti:
«Vorrei una bella cornice, dorata.» gli ha detto con un tono sicuro di sé; che ha stupito Gennaro, abituato a quella sua voce smorta e a quel parlare insicuro, «con passe-partout di velluto rosso.»,
«Adesso non chiedermi troppo,» gli fa l'altro «ci metto la carta floccata e va più che bene!»,
«Com'è,» fa lui che non sapeva cosa fosse, la guarda la tocca e: «però la cornice la voglio tutta dorata.» sentenzia con tono fermo, «Deve essere una signora cornice.»,
«Va bene,» fa Gennaro, sempre più stupito, «fidati!».
Se quella maratona fosse avvenuta qualche anno prima l'incontro col corniciaio sarebbe stato ben diverso, ma che dico: qualche anno prima, Mario Fusco non vi avrebbe neppure partecipato.

Fino ad alcuni mesi fa, era un morto vivente: nessuna ambizione, un viso sempre triste e, se parlava, lo faceva a bassa voce e per narrare le proprie disgrazie. Aveva una modesta auto che usava quasi soltanto per recarsi al lavoro; non la lavava mai «Tanto, poi si sporca.» diceva.
Il destino non era stato certo benigno con lui: una vita grama gli aveva riservato. Mario era nato in centro, in un bellissimo palazzo, abitato da gente benestante, era il figlio del portinaio e la mamma *faceva* qualche ora presso alcune delle famiglie lì residenti.
Da bambino, di giochi ne ha avuto ben pochi e vedere tutti quelli degli altri gli procurava una forma non di invidia, ma di forzata accettazione che lo rendeva mogio, timido, introverso, facendolo vivere in uno stato di perenne inferiorità. Tutti quei ricchi gli facevano immaginare un mondo meraviglioso nel quale sapeva che non sarebbe mai entrato, nessun astio nei loro confronti, ma un'amara accettazione e un'inconscia attrazione per quel presunto paradiso che lui sognava di continuo.
Quando da casa sua, in piedi sulla seggiola, attraverso la finestrella poco più grande di una feritoia, vedeva quei signori e signore eleganti coi figli altrettanto ben vestiti, prendere l'ascensore per salire nei loro appartamenti, questi, lui li immaginava come regge dorate, con mobili pure essi dorati e favolosi dipinti appesi alle pareti: figure che aveva visto sfogliando i libri di favole che talvolta i signori del palazzo gli regalavano, dopo che erano stati dei figli.
A scuola non era male, ma quella timidezza, quel parlare a bassa voce, quell'espressione smorta, agli insegnanti, che già lo consideravano una *nullità trasparente*, lo facevano apparire un insicuro. Ha frequentato fino alle scuole superiori e si è diplomato con buoni voti, anche se, agli esami orali, non ha mai eccelso. Il problema, però è venuto dopo: allorché affrontava i colloqui per trovare un lavoro, rispuntava l'uomo triste, dalla voce bassa, il neo diplomato al quale dovevano strappare le parole.
Nel complesso, era preparato, Mario Fusco aveva studiato e appreso, ma non sapeva vendersi, non era brillante e non dava fiducia. I genitori glielo ripetevano: «Tu sei troppo modesto, ma la modestia non apre alcuna porta!», gente ignorante, ma saggia.

Dopo tanti incontri fu assunto, ma proprio perché, in quel momento, serviva qualcuno in magazzino! Impiegato in una fornace alle porte di Napoli, non era considerato molto, ma lo avevano messo in regola e lo stipendio non era malissimo.
A ventiquattro anni sposò una certa Alexandra di un paese della Ciociaria, neppure troppo bella.
Questo, lui non l'ha mai saputo, ma lei era rimasta incinta di uno con moglie e figli e appena accortasi s'è preso il primo che le è capitato. Poi un aborto improvviso ha sistemato tutto.
Sì, non l'ha mai saputo, ma il matrimonio intero è stato un fallimento, figli non ne hanno avuti e lei era di una prepotenza e cattiveria alla quale lui non sapeva reagire. E in più gli faceva le corna.
Tante!
Mario accettava tutto, con quel viso sempre mogio. Neppure infieriva contro … ma contro chi: allargava le braccia, mentre, senza remore, narrava la sua misera vita, i tanti tradimenti subiti, i maltrattamenti, le angherie della moglie e del mondo.
Perché: persino se giocava a carte perdeva!
Che poi era lui che partiva sconfitto, fin da quando era ragazzino, e non parliamo di dopo, dopo che la moglie … ma procediamo con ordine:
«Mario, facciamo una partita a tre sette?» gli chiedevano gli amici «Siedi con noi.»,
«Se volete,» rispondeva con la sua solita voce «tanto perdo.».
Oppure:
«Mario, si va tutti allo Stadio a vedere il Napoli che gioca contro il Milan?», «Dai vieni anche tu che ci divertiamo».
«Meglio di no,» rispondeva scuotendo la testa «Lo so già, se vengo io vincono gli altri: meglio per tutti se guardo la partita da casa.».
A chi gli chiedeva l'età «Trenta.» diceva, o altro numero. Anche se li avrebbe compiuti fra sette, otto mesi, e aggiungeva tristemente: «Sono vecchio!».
Oppure:
«Mario, sabato sera si va a ballare …» e proponevano qualche locale «là si becca facile, vieni con noi?» e lui «Voi beccate, me non

mi guarda nessuna!».
Questo accadeva prima e dopo il matrimonio. Avrebbe compiuto trent'anni fra cinque mesi, quando Alexandra l'ha piantato. Nel senso che se n'è andata, penserete tutti voi, no: col fatto che, secondo la donna, l'appartamento per il marito sarebbe stato troppo grande, è rimasta lei col convivente e lui si è dovuto arrangiare. Lo ha deciso e il poveretto, che per quasi sei anni non era riuscito, una sera, a scegliere il programma da guardare in televisione, non ha neppure tentato di proporre una soluzione diversa.
Erano in affitto e lei si è tenuta pure i mobili.
Mario è riuscito a portar via la libreria con tutti i volumi, era un buon lettore, amava particolarmente i romanzi storici, le biografie dei celebri personaggi del passato immaginandone i luoghi, le regge, i palazzi e gli sfarzi. Lo aiutavano le riproduzioni dei dipinti che ammirava sfogliando i cataloghi che acquistava, usati, a Port'Alba. Tutto questo non lo sapeva nessuno, «A chi vuoi che interessi se ho letto la vita della Contessa di Castiglione, o di Giacomo Casanova, o di Carolina Otero, o di Cagliostro, o la storia dei Florio, o di Lucrezia Borgia e di Madame de Pompadour.» diceva tra sé.
Si è trasferito in un appartamento di periferia, piccolo, brutto, ma suo, l'ha acquistato con i soldi dei genitori che, malgrado le ristrettezze di quando lui era bambino, qualcosa avevano messo da parte. Sta un po' lontano da dove abitava prima, ma si trova più vicino al luogo di lavoro, lui però diceva che è meno lontano. Nel palazzo credevano tutti che fosse vedovo: solo e con quell'espressione malinconica.
Poi, qualche "*Buongiorno*" e "*Buonasera*", alcune parole buttate lì, e tutti sono venuti a conoscenza che era stato piantato dalla moglie, che lavora in una fornace a fare le bolle, che i genitori avevano una portineria e che lui era sempre serio perché ... era fatto così.
Gli è stata dura inserirsi in quel quartiere di Napoli: non gli è risultato facile fare amicizie, i condomini, i vicini, i frequentatori del bar sotto casa rispondevano al suo saluto, talvolta lo facevano per primi, ma, ogni volta, assumevano il viso di circostanza:

un'espressione mesta come la sua, che non dava certo adito a iniziare un dialogo.
Però, man mano … sapete com'è: ci si incrocia sull'ascensore, si guarda la partita al bar, ci si trova seduti a fianco, su di una panchina, o ci si vede in qualche negozio dei pochi rimasti: e dal saluto si passa al commento su un programma televisivo, sull'incontro di calcio o su qualche fatto accaduto in zona e, specialmente con la meteorologia, si rompe il ghiaccio.
Ha impiegato più di un anno, ma di amici circa della sua età ne ha fatti, più i conoscenti con i quali si salutava incrociandosi, ma sì: ormai poteva dirsi uno del quartiere. Terminato il lavoro e spesso dopo cena, Mario aveva qualcuno col quale chiacchierare, magari del Napoli, la sua squadra del cuore.
Sempre però a voce bassa, con tono cupo e un'espressione malinconica, mai un sorriso, neppure ci provava a mostrarsi brillante. Parlava, si confidava e non provava vergogna alcuna ad ammettere di essere figlio di gente modesta e di aver avuto ben pochi giocattoli, quand'era bambino. Avrebbe potuto dire delle sue letture, ma quella modestia, insita in lui, gliel'ha sempre impedito.
Ingenuamente parlava della moglie e delle tante corna subite, entrava nei dettagli e narrava i fatti così come altri narravano le loro avventure; parlava degli amanti di Alexandra come si parla della ragazza con la quale si è usciti la sera prima. Illustrava le vicende legate a quando erano stati sposati e il libertinaggio di lei, come si descrive il temporale appena avvenuto.
Gli era bastato un anno per inquadrare Alexandra e pentirsi di averla sposata, hanno continuato a fare l'amore, ma tutti e due lo consideravano un obbligo verso l'altro. E quando c'è stata la rottura definitiva, lui ne è stato ben lieto e si è affrettato a domandare il divorzio. La solitudine però, la rabbia, la tristezza di quegli anni trascorsi con lei avevano aumentato la sua insicurezza, rendendolo ancor di più un perdente.
Di donne più nessuna, dopo che lei lo aveva cacciato di casa.
Lo ignoravano tutte, non era neppure brutto, però mancava di verve, di entusiasmo, di voglia di vivere: sorridere … appena appena, se il Napoli faceva un gol. Loro invece vogliono parlare,

scherzare, ridere col partner, oltre che farci l'amore. E Mario si era messo il cuore in pace: abituatosi alla periodica *marchetta*, una volta al mese, caricava in auto una qualche prostituta e dopo se ne tornava a casa amareggiato.
Anche questo, gli amici lo sapevano: era un libro aperto. Si divertivano, per come narrava le proprie disgrazie e sconfitte, senza vergognarsene; questa sua ingenuità, oserei chiamarla dabbenaggine in senso buono, piaceva a tutti. Lo trovavano di un *simpatico patetico* quando metteva in mostra le tante sconfitte che hanno costellato la sua vita.
Quando le raccontava, ridevano, ma con affetto, dispiaciuti per quello che aveva subito e divertiti per come lo descriveva: così, senza censure.
Per lui erano fatti di cronaca che illustrava come si potrebbero leggere sul giornale, ma che, dentro di sé, gli rodevano, vicende alle quali sembrava rassegnato, ma che di notte non lo lasciavano dormire: si girava e rigirava nel letto, si alzava, andava in cucina, leggeva qualche pagina d'un libro, sperando poi di prendere sonno e la notte non passava mai, «Quale sarà il mio futuro?» si chiedeva e si rispondeva «Quello di un *povero Cristo!*» e pensava ai Signori che abitavano nel palazzo di quand'era bambino, al secondo, al quinto, al decimo, al dodicesimo piano, mentre lui, coi genitori, stava al piano terra in un piccolo appartamento poco più grande della guardiola. *Ai Signori dei Piani Alti.*
Raccontava pure di queste notti insonni: ma senza rabbia, senza maledire il destino per ciò che gli aveva propinato, assieme a quella voce bassa, a quel tono cupo e a quell'espressione malinconica.
Tutti gli volevano bene, e tutti, anche Gennaro, quello delle cornici, si sono autotassati per regalargli, il giorno in cui ha compiuto trentatré anni, una serata da sogno. Il compleanno cadeva di giovedì, ma il giorno dopo sarebbero dovuti andare al lavoro, meglio farla di venerdì.
È stato bellissimo per Mario trovarsi al centro della festa, in un ristorante di lusso, erano in sedici, anzi in diciotto, tutti a osannare lui: il festeggiato, ovviamente al centro del tavolo che occupava

in lunghezza l'intera sala riservata solo a loro. È stato emozionante per Mario Fusco, che tanto poco aveva ricevuto dalla vita. Un pranzo luculliano tra bicchieri di cristallo e tovagliato in tessuto fiandra. Le due persone in più: due bellissime ragazze di altezza identica, non credo che assieme arrivassero a quarant'anni; «Sono amiche nostre.» hanno detto a Mario quando ha chiesto di loro. Eleganti tutte e due, una indossa un abito lungo e l'altra sotto il ginocchio: due cordiali e simpatiche studentesse, gentili con tutti. Una siede accanto al festeggiato e una tre posti dopo, mangiano pochissimo.

La cena stava per terminare, lui non fa caso a loro che, una per volta, lasciano la tavola. I camerieri servono il dolce, «Prima di mangiarlo, attendiamo le ragazze.» fa uno rivolto agli amici che, a differenza di Mario, conoscevano il prosieguo della serata. Non fa in tempo a terminare la frase che si fa buio totale mentre due fasci di luce creano al centro della sala, davanti a Mario, due cerchi illuminati in ognuno dei quali ciascuna delle due, indossato un abito di scena, balla al suono conturbante di You Can Leave Your Hat On del grande Joe Cocker.

Uno spogliarello in piena regola, durato dieci minuti, al termine del quale per due secondi, le ragazze sono rimaste completamente nude. Poi, le luci si sono abbassate e loro, coprendosi con gli abiti raccolti, sono uscite rapide dalla scena.

Rivestitesi, sono riapparse al centro della sala e, all'invito di fermarsi per la torta, «No, grazie» ha detto una, «il dolce fa ingrassare.» ha aggiunto l'altra, poi tutte e due: «Ciao ragazzi.», «Ciao a tutti.», accompagnando il saluto con la mano.

E se ne sono andate col taxi che le attendeva sotto.

Quella sera ha sorriso, qualche volta. Gli amici ne sono stati orgogliosi e ha pure riso ad alcune loro battute. Il tono della voce però non è cambiato, mentre parlava con la ragazza a fianco o con alcuni degli amici. E quei sorrisi e brevi risate, che tanto avevano inorgoglito i commensali, si sarebbero potute contare sulle dita.

Il giorno dopo era tornato come al solito, con quella perenne espressione da funerale, e così domenica, lunedì e martedì: sempre imbronciato come lo è stato per trentatré anni; però il regalo rice-

vuto gli ha cambiato la vita. È vero, dimenticavo di parlarne: partite le ragazze, ognuno ha mangiato il dolce, qualcuno ha preso la frutta e tutti il caffè. Ovviamente commentando la recente esibizione «Gran belle ragazze!» ha detto uno, ma quasi tutti si sono abbandonati a commenti ben più coloriti.
Giudizi che non sto a riferire, preferendo passare al dono di compleanno che tanto peso avrà nel contesto della storia:
«Mario ti abbiamo voluto fare un regalo,» esclama uno del gruppo «una piccola cosa, un ricordo della serata.»,
«È da tenere in casa» aggiunge un altro «così ogni volta che lo vedi, pensi a noi.»,
«Ma non dovevate,» fa lui con le lacrime agli occhi, queste però erano di commozione, di gioia, e nulla avevano a che fare col velo di tristezza che lo accompagna da sempre, e continua con un nodo alla gola «più di così! Mi avete regalato una serata da sogno!», «Irripetibile!».
«È una cosa particolare che ti farà compagnia. Una cosina da due soldi, però ti piacerà.»,
«Forse la conosci di già,» fa un altro «la famosa Alexa…»,
«No!» urla Mario con tutte le forze, interrompendolo; non pareva più lui, «Non nominate mia moglie, quella malefica!»,
«Ma no,» interviene un altro «non c'entra niente con …», ma lui neppure lo lascia terminare: «Ecco, avete rovinato tutto, dopo una serata come questa che non ho mai vissuto e che non vivrò mai più!».
Ci si sono messi tutti a spiegargli che si tratta di una specie di radio, molto più avanzata, che riceve i comandi vocali, che si chiama Alexa, non Alexandra e che non è una donna.
Alla fine si è chiarito, ci hanno riso sopra e lui se ne è uscito con la frase «Non nominate il nome di Alexandra invano.», che ha fatto sorridere tutti, un po', per la battuta, ma, specialmente, per la gioia che quella frase l'avesse proferita con espressione gaudiosa. L'indomani ha tentato di montarla, ma non c'è riuscito, e ci ha provato domenica e lunedì sera, appena tornato dal lavoro. L'informatica non era mai stata il suo forte. Sì, possedeva il cellulare, ma lo usava giusto per qualche telefonata, neppure era in Facebook.

Gli è venuto in aiuto un ragazzino figlio di uno degli amici, sono andati tutti e due a trovarlo martedì sera e, in mezz'ora, il giovane gliel'ha fatta funzionare, poi gli ha mostrato come si usa e, rivolto all'apparecchio, gli ha chiesto che ore sono, che tempo fa, gli ha fatto narrare una storiella e gli ha domandato una canzone.
Mario ha capito e i due se ne sono andati.
Rimasto solo si è fatto narrare altre barzellette, ha chiesto quanti chilometri ci sono da Torre del Greco a Tokyo, da Gaeta a Oslo e da Toronto a Trapani. Poi si è fatto dettare la ricetta del Gateau di patate, ha domandato quando è nato Dante Alighieri e quando è morto Garibaldi.
Era entusiasta.
Le risposte non le ascoltava neppure, ma, abituato alla scortesia di Alexandra, gli piaceva il modo garbato con cui Alexa faceva eco a ogni sua domanda.
Non aveva certo scordato quante volte, a tavola:
«Alexandra, mi allunghi il sale per piacere!» e lei: «Sei grande per prendertelo da solo.».
Oppure, una volta che lei si stava versando il vino:
«Alexandra, me ne versi due dita anche a me?» e lei: «Perché, tu non sei capace?».
Trattato così per sette anni, sentirsi ubbidito in quel modo provocava in lui una sensazione di rivalsa; la sera, quando tornava dal lavoro:
«Alexa che mi consigli a cena?» e lei gli proponeva piatti ricercati, ricette prelibate, si offriva di comunicargliele dettagliatamente al telefono. Poi lui ripiegava sulla solita frittata o bistecca, oppure uovo al tegamino; ma si sentiva considerato, «Quanto è diversa da Alexandra!» sentenziava tra sé e poi «Per fortuna che se ne è andata!».
Non l'ha mai rimpianta, e questo è chiaro, ma neppure maledetta, però, dopo aver conosciuto Alexa, gli era spuntato un'acredine, un disprezzo per quella donna, da odiarla. Lui che non aveva mai infierito contro il destino!
Si era pure inventato la *furbata*: «Alexa» diceva, e a bassa voce che il dispositivo non sentisse, «*ndra*». Chiaro che era una que-

stione psicologica, una sensazione che lo faceva sentire quello che non era mai stato: il padrone di casa. Colui che comanda; «Alexa» e a voce bassissima «ndra» diceva «che ore sono?» e lei glielo diceva. Allora, quando c'era l'altra, «Guarda l'orologio.» gli rispondeva. E alla domenica, mentre se ne stava a poltrire nel letto, «Alexa,» sempre terminando il nome a bassa voce «Che tempo fa a Napoli?», sa bene come gli avrebbe risposto la sua ex moglie «Alzati, apri la finestra e guarda, non hai gli occhi?», mentre questa, ligia alla richiesta, gli rispondeva, fornendo ogni dettaglio, persino il grado di umidità gli diceva!
Man mano, Mario ci prende gusto e non si ferma ai rapporti familiari.
Memore delle tante angherie subite, quell'accanirsi contro la moglie non gli bastava più, per tutta la vita era stato succube di qualcuno, costretto a umilianti colloqui per trovare un lavoro, e anche nella fornace dove lo avevano assunto .... altro non faceva che bolle, «Ora basta,» diceva tra sé.
Seduto sulla poltrona che usa quando si dà alla lettura, ricordate quanto ami i libri storici e le biografie, quelli cioè, dove si parla di nobili e signori; lui, accomodato lì, col tono austero del titolato che chiama il maggiordomo:
«Alexa, Orchestra Glenn Miller.», ci pensate, il favoloso Glen Miller: quattro trombe e quattro tromboni più il clarinetto solista, l'intero *ensemble* che scattavano ai suoi ordini!
Oppure:
«Alexa, Rapsodia in Blu di Gershwin. Da lui interpretata.».
Oppure:
«Alexa, Canzoni di Claudio Villa.»,
«Alexa, il meglio di Louis Armstrong.»,
«Alexa, Charles Aznavour.».
Non si trattava più di dare ordini in casa propria: qui c'erano di mezzo personaggi famosi che Mario comandava come fossero alle sue dipendenze, che cantavano e suonavano per lui. E quando decideva di andare a letto, o di guardare la televisione, col tono del padrone che comanda al di sopra di tutti:
«Alexa, stop.» chiunque fosse, anche se stesse trasmettendo Lu-

ciano Pavarotti o Andrea Bocelli!
Talvolta, «Alexa, London Symphony Orchestra.», oppure «Alexa, Royal Philharmonic Orchestra.» e dopo poco, con voce ancor più sprezzante «Alexa, stop.» e lui lo sa che ciascuna orchestra conta più di duecento elementi. Duecento professori ai quali Mario Fusco impartiva l'ordine di fermarsi! E faceva così persino con Beethoven e con Mozart! E con Giuseppe Verdi, *il Cigno di Busseto*!
Quello strumento lo ha ringalluzzito; e, un po' per volta, lo ha reso più sicuro di sé, togliendogli quel velo di tristezza che l'ha accompagnato per tutta la vita.
Ed è stato grazie all'acquisita fiducia in sé, che ha deciso di partecipare alla maratona non competitiva il cui diploma si accingeva a far incorniciare.
Gennaro gli fa:
«Se hai pazienza lo termino e te lo porti a casa.»,
«Magari!», fa Mario, «ho fretta di appendere l'attestato alla parete.»,
«Lasciami finire questi due quadretti, poi metto insieme il tuo. Massimo un'ora e mezza e l'avrò terminato. Dà un'occhiata intanto, lustrati gli occhi. In gran parte si tratta di riproduzioni, non sono un gallerista importante e di dipinti ne ho ben pochi e non certo di nomi famosi, però se l'opera vale è sempre bella, pur se è una stampa.».
I quadri interessano sempre meno e Gennaro non pensava di certo che Mario potesse esserne attratto, ha proferito la frase così, tanto perché di prassi.
Mario invece, che non gli aveva mai detto di questa passione per immagini e letture che richiamino lussi e sfarzi del passato, è stato ben lieto di sfogliare quelle riproduzioni di un trascorso a lui tanto caro. E non è rimasto indifferente davanti a un quadro settanta per cinquanta dal titolo *La Contessa nella Tinozza e le sue Damigelle*.
Una normale riproduzione frutto di una volgare tecnica: solita stampa in offset, ma eseguita su tela, sulla quale passano poi a mano una vernice trasparente che dà l'impressione delle pennellate.

L'autore non era indicato e, da quella specie di firma, non si risaliva a nulla, ma Gennaro gli ha spiegato che l'artista, vissuto presumibilmente nel Seicento, sembra essersi inserito con successo nel clima artistico della città di Delft in Olanda, seguendo il percorso pittorico di Johannes Vermeer e di Pieter de Hooch, anche loro, specialisti nella dettagliata riproduzione di scene di interni.
Mario lo ha seguito attentamente, ma la sua attenzione era rivolta a quel viso di rara bellezza che spuntava dalla tinozza, da quel capo abbandonato all'indietro mentre due damigelle le versavano l'acqua insaponata sui lunghi capelli. La bianca carnagione della donna, le sue spalle ben modellate e quel lungo collo lo avevano colpito.
L'insieme mostrava l'interno di una grande stanza, dove dormiva, si cambiava d'abiti e faceva il bagno la Contessa. Un quadro orizzontale ricco personaggi e di particolari minuziosi tra cui, ripreso parzialmente, un letto a baldacchino con rifiniture in oro, alcuni mobili con raffinate suppellettili, altre due damigelle addette agli abiti e ai profumi, le bottigliette multicolori che li contengono e la tinozza in rame coi piedini dorati a forma di testa di leone.
Fusco chiede il prezzo, si meraviglia che costi così poco, sceglie una lussuosa cornice dorata, dall'asta molto spessa, e si siede in attesa che i due quadri siano pronti.
Dopo venti minuti, paga, li ritira e torna a casa, «Questa sera non li posso appendere,» fa tra sé «non ho neppure un chiodo.» e l'indomani, tornando dal lavoro, ne acquista una scatoletta. Quello della maratona lo mette all'ingresso, l'altro lo appende in camera, è una stanzetta piccola, giusta per un letto singolo, decide per la parete sinistra.
Lui dorme girato da quel lato, e dorme davvero: Alexa aveva fatto il miracolo, non era più lo sconfitto che rimuginava su quella che era stata la vita trascorsa e su quello che sarà il suo futuro, ma il padrone di casa; che impartiva ordini a lei e al mondo intero, in realtà non era cambiato niente, lui era diventato diverso.
Ogni sera, prima di addormentarsi, guardava la riproduzione del dipinto, ammirava la Contessa dallo sguardo altero e la immaginava in piedi nella sua stupenda nudità. E si figurava nelle vesti

di marito o di amante: prima non avrebbe osato di certo.
Da quando però comanda a bacchetta Alexa, che chiama Alexa «ndra», sia pure abbassando il tono della voce, mentre proferisce le ultime quattro lettere; da quando mette ad azzittire orchestre di duecento elementi e da quando si permette di stoppare Wolfgang Amadeus Mozart e Johann Sebastian Bach, non è più lui.
Capisce entro di sé che l'effetto Alexa è solo psicologico, però vive meglio, è più rilassato e, ma questo l'ho già scritto, di notte dorme. Ogni sera si mette a letto, guarda il quadro, si sofferma sui tanti particolari, sulle damigelle e sulla Contessa, spegne la luce e prende sonno.
Quella sera, era trascorso circa un mese dall'acquisto del quadro, l'occhio si focalizza solo sulla Contessa e continua a guardarla, forse dimentica di spegnere la luce, chissà! A un tratto la vede fare un cenno alle Damigelle e lentamente alzarsi. Pronte, la avvolgono in un telo bianco che la copre tutta, aiutata dalle quattro giovani esce dalla vasca sempre avvolta nel candido manto.
Allora, la nudità era peccato e loro stanno ben attente a non far intravedere parte del suo corpo, mentre l'aiutano a vestirsi. Eccola, bellissima, in abito lungo: una grossa collana d'oro con appeso un cammeo le pende dal collo. Innanzi allo specchio s'incipria il viso, mette un piccolo neo sulla guancia destra, mentre le due Damigelle addette la cospargono di profumo e lei si guarda compiaciuta della propria bellezza.
Poi, aiutata dalle altre due, scavalca la cornice ed esce dal quadro: si trova accanto a Mario vestito da gentiluomo di allora.
Lasciano l'abitazione non più così brutta come l'avevo descritta, scendono una sontuosa scalinata ed escono dal palazzo. Li attende un'elegante carrozza, trainata da sei cavalli bianchi, e il vetturino li conduce nel miglior ristorante di Napoli.
Cenano e ripartono.
Non ricorda altro il nostro Mario di quell'incontro, di quella cena, di quel giro in carrozza, mentre l'indomani, in ufficio, rivive mentalmente il tutto. E continua per giorni e settimane: in maniera rarefatta, in un misto tra fantasia e realtà.
È una specie di sogno ricorrente che si ripete con piccole varianti,

che poi al giorno diventano visioni confuse tra ricordo e immaginazione.
Lui stesso si chiede se quella notte l'ha vissuta realmente o se l'ha solo immaginata, se si è ripetuta una o tante volte, se sognava o se era desto. E se lo stava chiedendo quella sera quando da dentro la vasca, lei gli fa un saluto, subito accompagnato da un sorriso, che diventa complice quando s'accorge, facendo ciao col braccio, di aver mostrato un seno. Poi, tutto come l'altra volta, salvo lo scambio di occhiate mentre le ancelle l'asciugano. Uscita dal quadro e dalla vista delle giovani, lei lo bacia sulla guancia e lui la stringe a sé.
Si scostano per un istante, si guardano e poi si stringono di nuovo scambiandosi un bacio appassionato.
Landò, cavalli e cocchiere sono gli stessi, anche il servitore di carrozza è quello dell'altra notte, apre le porte, li aiuta a salire e va al suo posto, in piedi dietro la berlina, uno scocco delle dita e il vetturino parte. Questa volta lasciano Napoli, percorrono ... chissà, e si trovano in un meraviglioso palazzo. Sono già tutti a tavola, ma i due posti accanto ai padroni di casa li avevano lasciati liberi per loro, per gli ospiti d'onore. Li attende un pranzo sontuoso e vivande prelibate.
Poi il grande ballo: con un trascinante valzer, loro e i padroni di casa danno l'inizio alle danze, man mano si uniscono tutti gli altri, dame e cavalieri.
Al termine della festa i due se ne vanno, aiutati dal servo di carrozza, salgono e si accomodano sul sedile di velluto rosso.
E Fusco non rammenta altro, ma l'indomani, mentre fa colazione: «Alexa» e a bassa voce «ndra.», «*Valzer brillante da Il Gattopardo*», e, terminato questo, mentre finisce di vestirsi «Alexa» e a bassa voce «ndra.», «*Sul Bel Danubio Blu di Strauss Figlio.*» che stoppa uscendo di casa.
Continuano queste notti da favola assieme alla Contessa e a tante dame e cavalieri, e continua a riviverle mentalmente durante il giorno quando è al lavoro o mentre vi si reca in auto, oppure, rientrato, mentre prepara la cena. E seguita a impartire ordini ad Alexa «ndra». Con quel tono, nuovo per lui, chiede le musiche di Nino

Rota e l'immaginazione vaga tra fantasia, poesia e visioni nelle quali il sogno e la realtà si perdono in un caos avvincente.
E continua a chiedersi se è desto o se sta sognando. Se ciò che rammenta lo ha vissuto o solo immaginato, ma che importa, la sua mente, presa da quelle meravigliose visioni rarefatte, si sta gradualmente liberando di ogni traccia del triste passato.
Gli amici, che continua a vedere, assistono lieti a quella inusuale metamorfosi e, quando lo vedono sorridere, o lo sentono parlare con un tono tanto diverso, non fanno domande. A Mario non va più di *mettere in piazza* le sue passate sconfitte, neppure vuole narrare di quelle notti meravigliose che rivede avvolte in *nebbie felliniane*: è diventato più riservato e loro se ne compiacciono.
Quella sicurezza che il dare comandi e il sentirsi ubbidito gli avevano fatto acquisire, il ripetersi di quelle meravigliose avventure oniriche o immaginate, o vissute realmente, quei sogni, con partenza dal quadro, che si ripetono, tutto lo aveva trasformato in uno come loro coi quali andare a vedere la partita, recarsi a fare il bagno a Castellammare e frequentare locali e discoteche.
Anche se nessuna donna gli appariva bella quanto la Contessa. Prima erano loro a non volerlo, ora è lui. E gli amici: «Quella ti mangiava con gli occhi!» e tra loro «È proprio cambiato, addirittura fa lo schizzinoso, pensare che sei mesi fa le pagava!».
Della marchetta mensile non se ne parlava più, ma le donne … non ce n'era una che gli andasse bene. Con quella sicurezza di sé che aveva acquistato, *le mandava tutte in bianco*.
Anche sul lavoro s'erano accorti che quell'insicurezza, che da sempre lo ha caratterizzato, era scomparsa, gli hanno riconosciuto una piccola promozione con un incarico più importante e conseguente adeguamento dello stipendio. Non aveva mai riscosso un grosso mensile, però, liberatosi di Alexandra e trasferitosi nell'appartamento di proprietà, ogni mese aveva messo da parte qualcosa. Tolto il mangiare, qualche caffè al bar, il bollo, l'assicurazione auto e i saltuari interventi meccanici, non aveva altre spese, abiti e biancheria li portava a lavare dai genitori ai quali era molto affezionato. Sì, qualche straccetto lo acquistava, ma poca roba.
La descrizione che ho fatto del Mario di prima non fa pensare che

abbia tenuto molto all'eleganza, ma ora è diverso: ora che ha una voce normale, ora che non ha più il viso tetro, ora che ha imparato a sorridere.
Da un po', non teme con la sua presenza di far vincere la squadra avversaria, neppure dà per scontato di perdere giocando a carte, le donne … ora è lui che *non le fila*, il Signor Fusco.
E il Signor Mario Fusco decide di rinnovare il guardaroba.
Sabato tre luglio, verso le sedici, esce di casa e, con l'auto, arriva alla stazione Garibaldi, parcheggia e si dirige verso la metropolitana per andare in via Toledo, quando: «Ciao!», gli fa una ragazza, lui la guarda perplesso, «Bellissima!» fa tra sé, ma non ricorda di conoscerla, indossa un vestitino leggero.
«Non mi hai riconosciuto? Quella sera potevi guardarmi anche il viso!» fa lei sorridendo,
«Ma tu» le risponde con un'espressione sorridente e voce squillante, «sei quella dello …»,
«Eravamo in due,» lei l'interrompe «e io ti sedevo accanto, non so proprio come ho fatto a riconoscerti: perché allora avevi una faccia da cane bastonato! E rammento quella tua voce esile, parevi un moribondo! Ora,» fa lei abbassando il tono «se non ti interrompevo prima, lo imparava tutta Napoli che facevo gli spogliarelli.»
«E la tua amica?»,
«Abbiamo litigato, era stata lei a convincermi a mostrarmi nuda, poi pretendeva che andassi oltre, io non ho voluto, lei mi ha detto che sono una cretina e ognuna ha preso la sua strada. E io ho smesso anche con quello. Ora studio come allora, ma devo essere più parsimoniosa e arrangiarmi con i soldi che i miei mi mandano ogni mese, però, è più bello così.»,
«Oggi che fai, dove stai andando?», le domanda Mario,
«Boh, sono uscita a fare un giro, tu che programmi hai?»,
«Prendo la metropolitana, per andare in via Toledo, devo acquistare qualche capo per me.»,
«Là ci sono i migliori negozi. Salvo che tu pretenda le firme importanti, se cerchi Prada, o Armani, o Versace, dobbiamo andare in via Chiaia.»,
«Vieni con me?»,

«Perché no! Voi uomini non sapete scegliere, avete bisogno di una che vi consigli.»,
«Benissimo,» fa lui e continua sorridendo «ma ci fermiamo in via Toledo, non sono uomo da Prada, o da Armani, o da Versace!»
Assieme hanno preso la metropolitana, lei lo ha consigliato su qualche maglietta, camicie e pantaloni, hanno riso e scherzato e la sera hanno cenato assieme.
Lui l'ha accompagnata a casa, lei l'ha fatto salire, i preliminari sono andati benissimo e la giovane «Vuoi fermarti qui?», «Sì.» fa lui mentre lei: «Vado un momento in bagno.»
E mentre proferisce quel "*Sì*" è un fluire di immagini che gli assalgono la mente e che sembrano tutte uscire dal quadro con la cornice dorata. Ecco le damigelle, i padroni del sontuoso palazzo, il servitore di carrozza, il vetturino e tutto l'insieme scenografico. E la Contessa che sembra volerlo trattenere.
Mario è smarrito, si chiede se sta sognando. Quando lei lo chiama: «Vieni Mario che facciamo la doccia assieme.» ed è ancora confuso mentre l'acqua scroscia su di loro: quelle immagini continuano a ruotargli nella mente.
Inavvertitamente, lui o lei urtano il miscelatore e all'improvviso esce l'acqua fredda, un urlo da parte di tutti e due che, istintivamente si abbracciano per proteggersi. Prontamente lui chiude il rubinetto, ma restano così, avvinghiati in un lungo bacio, mentre le damigelle, i padroni del sontuoso palazzo, il servitore di carrozza, il vetturino e la Contessa se ne vanno, per sempre, dalla sua mente.
Il seguito è facilmente immaginabile, ma l'indomani, Mario Fusco, alzatosi, salutato la ragazza, scambiatisi i numeri di telefono e presa l'auto per recarsi al lavoro, guidando sentenzia a voce alta:
«Sarà bella quella tinozza in rame, coi piedini dorati a forma di testa di leone, però io preferisco la doccia!».

FINE

LA MOGLIE DEL PARRUCCHIERE

Vi voglio narrare di un certo paese della Sicilia del quale mi sfugge il nome, non proprio sulla costa, ma neanche sui monti, mi sembra all'interno. A metà strada tra Palermo e Catania, ma neanche a metà, un po' prima, o un po' dopo? Mah.
Nella piazza centrale c'è la Chiesa Madre, il Comune, vari negozi, il salone del barbiere, uffici, alcuni negozi e abitazioni, un po' fuori ci sono i Carabinieri, è costeggiato da un fiumiciattolo quasi sempre secco. Farà cinquemila abitanti, o diecimila, o più; il nome non mi viene proprio, ma tutti voi avrete capito di certo.
Venne ad abitare lì una certa Immacolata che aveva deciso di lasciare per sempre i luoghi dove era nata e vissuta. Una brutta storia: lei viveva nel nord, in un centro vicino a Como, era la giovane amante di un nobile sposato; per lei, l'uomo aveva perso la testa al punto di uccidere la moglie. La donna è risultata completamente estranea ai fatti, neppure è stata sfiorata, ma il caso ha fatto clamore in tutta la Lombardia e forse in tutto il nord: bellissima, era parlata e ovunque andasse la riconoscevano. Figlia di un notaio e di una docente universitaria, un fratello e una sorella, poco più giovani di lei, studenti al secondo e al terzo corso di legge … tutta la famiglia era in imbarazzo. Ciascun componente veniva segnato a dito, come quello o quella che, la sorella o la figlia era stata l'amante … e poi … eccetera, il fatto era stato eclatante.
Vivere là era diventato impossibile: per lei e per il disagio che arrecava all'intera famiglia, doveva *cambiare aria* e si è trasferita in Sicilia. Forse l'hanno spinta a spostarsi i suoi, ma penso che l'abbia deciso da sola, che lei stessa ne abbia compreso l'opportunità: era una donna intelligentissima. Laureata in lettere, non aveva mai insegnato né svolto attività di giornalista o simile, ma leggeva, leggeva moltissimo. E sapeva! Ciò, unito a sagacia, luci-

dità mentale, prontezza a recepire e acume facevano sì che qualsiasi cosa si accingesse a fare le riuscisse alla perfezione, che imparasse con facilità e che se la sapesse cavare in tutto.
E anche in materia di corna: il marito non ne ha mai avuto il minimo sentore. E neppure gli amanti, ed erano tanti! Ciascuno però ha sempre creduto di essere l'unico. Procediamo con ordine: Immacolata si era trasferita in questo paese del quale non ricordo il nome perché là aveva trovato marito.
Si era sposata col barbiere del luogo, un bell'uomo, dal viso intelligente e serio: Immacolata si era recata, in vacanza, in una località sul mare a cinquanta chilometri dal paese che voi sapete. Un lunedì, l'uomo era andato là a fare il bagno e a prendere il sole, e si sono conosciuti: lui ne è rimasto folgorato, poi aveva già trentacinque anni e voleva un figlio, un erede che portasse avanti l'attività. Lei ne aveva dieci di meno, ma aveva lasciato il nord con l'idea di sistemarsi lontana da Como, e lui non era male: alto, aitante, con due spalle da giocatore di football americano. Perché a lei piaceva immensamente fare sesso, era portata anche in quello, oltre ad essere brillante, simpatica, elegante, istruita, intelligente e ... tutto.
Conosciuti e sposati.
Non è andata proprio così: si sono frequentati per venti giorni, poi lei è tornata al suo paese, lo ha detto ai genitori che non hanno fiatato. Ha salutato amici e parenti, ha spedito quello che più le premeva: i libri e gli abiti, ed è tornata in Sicilia.
Dopo due mesi si sono sposati: un matrimonio in chiesa con tutti i crismi, i genitori di lei erano scesi con i due figli. Di lui c'erano vari parenti, la madre con la quale viveva, gli amici del posto e i due lavoranti, il padre era mancato da qualche anno.
Anche il Notaio e la Docente Universitaria, che non si aspettavano di certo di diventare suoceri di un parrucchiere, dopo averlo conosciuto si sono ricreduti e sono stati lieti di questo matrimonio.
Aveva frequentato le scuole superiori, era onesto, serio e un bravissimo barbiere, si chiamava Otello, aveva trentacinque anni, ma questo l'ho già scritto. Sull'ingresso del negozio spiccava una insegna con scritto in grande: "*Salone*" e sotto in un corpo più pic-

colo, "*Parrucchieri da Quattro Generazioni*". Ed era vero: il padre, il nonno e il bisnonno erano stati i titolari di quello che ora gestisce lui, e tutori delle teste di altrettante generazioni di abitanti di quel paese del quale mi sfugge il nome.
Un po' lontano dal centro c'era Nando, un modesto barbiere di periferia, ma il più considerato, il meglio frequentato, quello che lavorava di più restava il salone gestito da Otello.
Sito nella piazza centrale, era diventato il punto d'incontro di notabili, signorotti e di tutta la gente bene del luogo: frequentarlo, farsi, lì, barba e capelli era *In*.
Chissà da quando, perché le prove in comune non le hanno trovate, ma si dice che anche il papà e il nonno del bisnonno facessero i barbieri, e nella medesima costruzione: a cinquanta metri dal comune. Restaurata chissà quante volte, ma il punto era quello.
È degli ultimi tre che esiste la certezza, il padre di Otello, mancato da quattro anni, aveva commissionato, al maestro di scuola del luogo, una storia del salone che iniziava con suo nonno e io non intendo entrare in tempi più remoti. Ne avevano fatto un libro, elegantemente rilegato, con riprodotte vecchie fotografie del salone e la sua storia. Come suo padre, Otello ne andava orgoglioso e ovviamente ne ha fatto dono ai genitori di Immacolata.
Padre e figlio sono sempre stati contrari a ogni innovazione: l'arredamento, quello acquistato dal nonno o dal bisnonno, non lo so, è tenuto come una reliquia. Se spunta una piccola macchia di ruggine si croma o vernicia tutto il pezzo riportandolo a com'era prima. La seduta imbottita e l'appoggia schiena delle tre poltrone va cambiata ogni due anni, ma il materiale deve essere rigorosamente il medesimo. E così per i seggiolini ad uso di coloro che attendono il proprio turno, mentre sui due tavolinetti a fianco: sempre alcune copie di quotidiani e riviste.
Anche le attrezzature sono quelle tradizionali, Otello usava ancora il rasoio a lama lunga, come cinquant'anni fa, quello che in certe zone chiamano *a mano libera*, per mantenerlo ben affilato lo passava, ad ogni barba, sulla *strappa*, quella striscia di cuoio tipica dei parrucchieri di una volta. E il suo *pelo e contropelo* non aveva eguali in tutta la provincia, perché alcuni clienti venivano anche

dai paesi limitrofi.
Guai, per Otello non usare il rasoio classico dei tempi del nonno: affilatissimo. Quegli utensili lunghi, che fanno paura solo a guardarli, costituiti da una lama molto tagliente e senza punta e da un manico cavo che funge da guaina.
Ormai sono introvabili, ma lui aveva scovato una società che faceva le riproduzioni identiche e là si riforniva. E poi i prodotti: sapone che spargeva col tradizionale pennello di setola, crema dopo barba delle migliori marche e profumi a scelta.
Aveva due dipendenti della sua età che se la cavavano bene, ma lui, ogni volta, «Mi raccomando questo Signore, ha una pelle molto delicata.», terminato il servizio gli sentiva il viso e: «Ottimo lavoro!». Il problema era il "*Ragazzo spazzola!*", chi, ai tempi nostri, si adatta a fare il giovane di bottega di un barbiere!
Il vero dramma di Otello però era il figlio: non arrivava, avrebbe tanto desiderato un bel maschietto che poi continuasse la sua attività, vecchia di quattro e più generazioni, sognava il nuovo cartello, sempre nello stesso stile, con la scritta "*Salone*" e sotto: "*Parrucchieri da Cinque Generazioni*". Dopo un anno dal matrimonio, nessuna traccia, il figlio non nasceva, si sono fatti visitare in Sicilia e nel continente, analisi su analisi a lui e a lei, i medici li trovavano normali tutti e due, ma di figli niente.
Tornando al giovane di bottega e all'impossibilità di trovarne uno: si è dovuto accontentare di un vecchio pensionato che da ragazzino per tre anni, sotto il padre di Otello, aveva svolto quella mansione, lo ha pregato in ginocchio perché accettasse l'incarico. E quando, al termine del servizio, Otello, con voce squillante proferiva il tradizionale "*Ragazzo, spazzola.*", si vedeva sto vecchio tremante e zoppicante che, seduto in un angolo, a fatica si alzava e, lentamente, spazzolava gli abiti del cliente. Questi, quasi sempre mosso a compassione: «Dia a me.» faceva allungandogli la mancia e si spazzolava da solo, ma Otello aveva potuto dire: "*Ragazzo, spazzola.*".
Lui era fatto così, viveva per il suo lavoro, non stava fermo un istante, se non c'erano clienti, ma accadeva di rado e solo per qualche minuto, spazzava, spolverava, metteva in ordine le riviste e

lucidava lo specchio.
Oppure faceva promozione: con fare austero e in mano il simbolo della professione, si piazzava fuori dall'ingresso del negozio mettendo ben in mostra il rasoio nel quale si riflettevano i raggi del sole di Sicilia. Si guardava attorno e, con la strappa nella sinistra lo passava da giù in su e da su in giù *rinfrescandone il filo*.
Se ne stava lì, in atteggiamento grave, che ad alcuni poteva apparire severo, a quelli con la coscienza sporca, ma poi ci arriviamo.
È trascorso un anno e mezzo dal matrimonio di Immacolata e Otello; tutto procede nella normalità, pareva proprio un matrimonio felice, anche se lei, come ho anticipato, gli faceva le corna. A ben pochi di quelli che ci provavano diceva di no e, bella e brillante com'era, vestita sempre con abiti provocanti … ci provavano tutti.
Le faceva però con una tale discrezione che mai è circolata la voce. Così come lui non ne aveva la minima idea. Anche in paese non era assolutamente parlata, tutti la consideravano donna di sani costumi: la brava, bella e intelligente moglie del parrucchiere; degna del nome che portava.
Ed era merito suo, Immacolata aveva la frase chiave, dopo ogni amplesso, sempre memorabile come lo erano tutti i suoi, con l'uomo estenuato e sconvolto da quella carica di sesso: «Tu sei l'unico col quale ho tradito mio marito,» gli diceva in piedi sul letto nella sua meravigliosa nudità «e lo faremo ancora, ma se in paese sorgessero delle chiacchiere, sarebbe lampante che solo tu puoi aver parlato e allora sarebbe finita tra noi, per sempre. Se poi lo sapesse mio marito … hai presente Francesca, Paolo, Gianciotto, il Castello di Gradara,» quasi tutti avevano presente, diversamente lei gli narrava la storia in tutta la sua crudezza e drammaticità. Altre volte: «Otello … la sua gelosia è proverbiale!» e ci metteva il Moro di Venezia e Desdemona.
Il figlio non nasceva. Si erano recati da un luminare a Milano, il salone era rimasto chiuso per quattro giorni, Otello non si sarebbe mai fidato di lasciarlo nelle mani dei suoi coadiuvanti. Durante il viaggio di ritorno, parlando con Immacolata, «Domani ci sarà la ressa in negozio!» sentenzia «Dopo quattro giorni di chiusura.».

L'indomani invece: poche persone. Otello non capisce e tra sé: «Poca gente! Però, ora che ci penso, sono alcuni mesi che i clienti tendono a diradarsi.».
Ed era vero: i soliti clienti, quelli che da anni si servivano da lui e che erano andati a letto con la moglie, da un po' entravano titubanti, si accomodavano e timidamente «Barba e capelli.» oppure «Solo barba», lui al solito li insaponava, ma quando si avvicinava loro col così detto rasoio a mano libera, fresco di strappa, la cinghia di cuoio di passata memoria, cominciavano a tremare. E lui «Ha freddo forse?», e l'altro, tanto per dire qualcosa «Oggi non mi sento bene.», poi se ne andava e raramente tornava.
E i clienti calavano.
Otello non comprendeva questo crollo, dopo non si sa quante gloriose generazioni di barbieri dallo stesso cognome che avevano goduto del monopolio del paese, era disperato, impotente davanti alla riduzione degli incassi, ormai i soli che si servivano da lui erano i bambini, per i quali il "*Ragazzo spazzola*" non era certo necessario; fu proprio lui il primo ad essere messo a casa: il vecchio che fungeva da ragazzo. Poi un barbiere, poi l'altro, tutti e due minacciano la vertenza sindacale che il poveretto sana con un consistente extra, oltre alla liquidazione: tutto gli va storto.
È disperato: di giorno continua a fare promozione ponendosi davanti al negozio con rasoio a mano libera che fa scorrere lungo la strappa e un'espressione che non saprei se definire solenne, seriosa o severa.
La sera ne parla con la moglie. Pure lei è dispiaciuta, pure lei non ne comprende la ragione, si scorda di tutto il resto; non richiama gli amanti che inviano il messaggio, neppure risponde, ha in mente ben altro: vuole capire.
Pensa, si spreme, studia e legge. Non le basta la propria agguerrita libreria, si reca nella biblioteca del vicino capoluogo, consulta libri di ipnosi, di suggestioni collettive, di manipolazione del pensiero, di boicottaggio industriale e commerciale: arriva persino alla Bibbia. Ed è proprio lì che trova il bandolo della matassa, da un testo sacro capisce perché il salone del marito si sta spopolando.
La creazione del mondo, il primo uomo e la prima donna, il pec-

cato originale.
Da qui ricava la giusta interpretazione, «*Adamo ed Eva, che per prima disobbedì al comando di Dio, acquisirono la consapevolezza della trasgressione e sperimentarono il triste sentimento della colpa, scoprendo la nudità. Essi allora cucirono delle foglie di fico e se ne fecero delle cinture.*» interpreta e continua tra lettura e deduzione: «*Come la nudità è la figura, il segno di una coscienza colpevole, il coprirla o il nascondersi da chi potrebbe infliggere la punizione, segna il tentativo di occultare la colpa.*» e poi «*L'istinto dell'uomo reo è quello di fuggire, di sottrarsi alla vista del Giudice Supremo.*».
Da tale ricostruzione deduce:
«Così come, temendo la punizione di Dio, Adamo ed Eva cercarono di celarsi fra gli alberi, coloro che hanno goduto dei miei favori, timorosi di una punizione da parte di Otello che, fuori dalla porta del negozio, ghermisce con aria 'si severa l'affilato rasoio, iniziarono a rivolgersi a Nando e ad altri barbieri, pur in località diverse, anche lontane. E maggiore era il numero di persone che lo avevano abbandonato, più era il tempo che mio marito passava ritto innanzi al negozio per quella che credeva promozione, ma che si stava rivelando l'incontrario.».
Proprio questo si era verificato: vedendolo in quella foggia astiosa e severa, tutti i clienti, che si erano adagiati con Immacolata, fuggivano impauriti. Erano stati tanti e Otello si è trovato senza lavoro. Ovviamente questa deduzione, la donna la tenne per sé, ma da quella partì per trovare la soluzione, «Io ho creato il male e io lo rimedierò.» sentenzia sempre tra sé: pentita ma non confusa.
E chiude con tutti: nessun rapporto extraconiugale.
E si pente anche di aver ingannato Otello, riguardo al figlio: i medici erano nel giusto quando asserivano di non riscontrare nulla di anomalo in tutti e due, era lei che, volutamente, si dava a lui nei giorni sbagliati. Quando sapeva di essere fertile, aveva sempre una scusa per non fare l'amore. Lei non voleva per il momento fare figli, avrebbero intralciato le sue frequenti avventure.
Pentita di tutto, è ansiosa di ravvedersi.
In che modo? Trovando la soluzione al quadro d'insieme in cui

aveva coinvolto la sua famiglia, cioè loro due, la madre altro non faceva che guardare la televisione.
La via d'uscita l'ha trovata, ma questa volta non nel senso biblico:
"*Chi nasconde le proprie colpe non avrà successo;*
chi le confessa e cessa di farle troverà indulgenza."
Lei con quell'acume che le è congeniale: «Io peccai e questo mai più accadrà; l'Apostolo Giovanni ha detto che se confessiamo egli è fedele e giusto da rimetterci i peccati e purificarci da ogni ingiustizia,» sentenzia tra sé «e lì non sono d'accordo, io non confesso un bel niente, ho un piano ben diverso: risolverò il tutto senza che né mio marito né altri sappiano del passato. Ed è meglio per tutti».
È domenica, Otello si trova nel salone, ha fatto i capelli a quattro bambini e la barba a un signore di passaggio. Lei sta preparando da mangiare, lo fa con una cura fuori del normale al punto che il marito, pur giù di giri per quello che continua a definire "*un inspiegabile calo del lavoro*", si rallegra sorridente. Nel pomeriggio altri tre bambini, più barba e capelli a un vecchio. Immacolata smanetta il telefonino e pensa, esce mezz'ora in auto, poi torna, cerca ancora nell'iPhone e alle diciannove si dedica alla cena che cura, anche questa, più del solito.
Alle sette di sera Otello sale in casa, mogio come lo era a mezzogiorno e come lo è da qualche mese, da quando il lavoro è crollato, un po' ne faceva una questione finanziaria, ma più ancora ne andava del suo amor proprio: lui amava la propria attività ed era deluso, umiliato, confuso, non sapeva che pensare.
Siedono a tavola, lei cerca di intavolare qualche discorso, lui non risponde e poi: «Ti rendi conto, sette bambini e due adulti in un giorno, non è possibile!», e lei accarezzandogli la mano: «Vedrai che le cose cambieranno, me lo sento.».
Un po' di televisione poi:
«Andiamo a letto,» fa Immacolata «ho voglia di fare l'amore.».
Sapeva di essere fertile, quel giorno e si è data a lui con una passione che mai gli aveva mostrato, è stato bellissimo per tutti e due, poi lei: «Credo proprio, fra nove mesi, di darti un figlio.».
A Otello gli si sono illuminati gli occhi, ha scordato il lavoro, i clienti sempre più scarsi, il rasoio a mano libera e assieme hanno

parlato di questo figlio destinato, malgrado tutto, a fare il barbiere, «A costo di cambiare città!» ha sentenziato lei.

Dopo un'ora si sono addormentati.

L'indomani è lunedì: i barbieri tengono chiuso, ma lei lo sprona ad alzarsi, fanno colazione assieme, qualche cenno al futuro erede, poi Immacolata:

«Ieri ero rimasta senza zucchero e, recandomi al supermercato, sono passata davanti all'altro barbiere, era pieno!»,

«Non dirmelo almeno,» fa lui con uno scatto di rabbia «non mettere il dito sulla piaga!» e poi, con voce fattasi dolce «Parliamo invece del nostro bambino.».

Ma lei continua: «Temo proprio che sia stato Nando a organizzare il complotto.» e al viso sorpreso di Otello «Ci vuole poco a spargere la voce che tu soffri di un male contagioso o che sei stato colpito dal Morbo di Parkinson. Chi vuoi che si faccia rasare da uno che trema». Lui è disorientato, attonito e lei con naturalezza: «Esistono le agenzie che sanno mettere in giro voci calunniose, le stesse specializzate nello spionaggio industriale. Noi però ci sapremo difendere.»,

«E come?» domanda lui con voce piagnucolosa «In che modo? Resteremo senza lavoro e pian piano senza soldi!»,

«Quello no, ci siamo io e mio padre.»,

«E io» fa «dovrei farmi mantenere da mia moglie e da mio suocero!»,

«No, non accadrà,» fa lei con voce rassicurante «però fidati di me e seguimi nel mio piano.»,

«Mi fido ciecamente!» fa lui che sempre ha ammirato la moglie per la sua intelligenza e prontezza di spirito «Fa, decidi, ti seguirò ovunque, qualsiasi cosa tu ritenga opportuno fare.».

Immacolata si alza, sparecchia e poi:

«Ora scendiamo in negozio e apprenderò l'arte del parrucchiere per uomo, cominciamo dalla barba, ho acquistato due buste di palloncini, ne gonfiamo uno, lo cospargiamo di spuma da barba e tu mi insegni a toglierla col filo della lama senza farli scoppiare. Appena imparato un po', continuerò ad allenarmi da sola, gonfiando e insaponando altri palloncini, mentre tu andrai a cercare due per-

sone sulla cui testa mi insegnerai a tagliare i capelli.»,
«E chi?»,
«I nostri ex dipendenti, non hanno ancora trovato un lavoro e sperano tanto che qui le cose cambino. E tu sta certo che io, prima di sera avrò perfettamente imparato a fare barba e capelli.».
Sono scesi in negozio, non hanno alzato la saracinesca e, alla luce artificiale, è iniziata la lezione. Mentre era impegnata con rasoio e palloncino, detta il piano d'azione: «Per i due che verranno e che poi saranno riassunti e per tutti, tu sei andato a fare il direttore in un grosso salone di Palermo e io gestirò questo. Ci andremo domani e il salone resterà chiuso per due giorni. In realtà andremo a vedere tre o quattro negozi in due località a circa settanta chilometri da qui. Ho già gli appuntamenti, su internet ho visto le foto e non sono male, compreremo il più bello.».
Tutto questo è avvenuto, hanno acquistato quello che è parso loro il migliore, sopra c'era un piccolo appartamento, lei si è accertata che ci fosse il letto matrimoniale perché, come gli ha detto in viaggio, «Tu in paese non ti farai più vedere, io resterò qui con tua madre: lei è come non ci sia, sta sempre davanti al televisore, se mi chiede qualcosa, le dirò la balla del direttore nel grosso salone a Palermo. Sarò io che verrò a trovarti, ogni domenica sera, per andarmene martedì mattina, o ti verrò a prendere se decideremo di fare un week-end o una vacanza. Tua madre ... una donna che l'accudisca, la troverò di certo.».
Per la nuova sede, Otello ha acquistato attrezzi e un nuovo arredamento sempre in stile anni trenta. Una vasta gamma di raffinati prodotti e dopo due mesi ha inaugurato il negozio.
Nel paese di cui non ricordo il nome, Immacolata, mercoledì quando ha aperto, ha trovato la ressa: lunedì e martedì la voce era corsa attraverso tutta la zona, Nando non ha visto un cliente!
Tutti volevano sapere, constatare, farsi radere da Immacolata, chi per curiosità e chi per vederla e tentare di riprendere la tresca. Lei, che non ne aveva la minima intenzione, col pretesto della massima riservatezza, rispondeva con occhiate e numerosi "*Se ne parlerà fra qualche tempo*".
Terminata la giornata, entusiasta della professione, si chiudeva in

casa e non apriva a nessuno. Assieme alla vecchia, guardava la televisione.
Ogni domenica sera partiva e andava a trovare il suo Otello che sentiva di amare sempre più, specie da quando, dettogli che il test di gravidanza era risultato positivo, aveva visto la sua reazione.
Sono trascorsi quattro mesi da quando ha fatto la barba ai palloncini, lei è appena arrivata dal marito, dopo i soliti baci e abbracci e i tanti "*come stai*" e "*come sta il bambino*" si mettono a tavola:
«Come va il lavoro?»,
«Ottimamente!», «E tu»,
«Meglio non potrebbe andare, è un continuo flusso di gente, non ho il tempo di fare l'usuale promozione innanzi al negozio, con rasoio a mano libera e strappa!»,
«Lo sai che ho imparato pure io, di minuti liberi ne ho ben pochi, però ogni tanto mi esibisco come facevi tu, non sono così brava, ma me la cavo.»,
«Te la caverai meglio di me!»,
«Quello» fa lei, con un sorriso, «mai!»,
«Certo che non potremo andare avanti per un pezzo con due negozi, io voglio vivere assieme a te, a un certo punto dovremo venderne uno, sono talmente avviati!»,
«Direi di no.»,
«Perché no!» fa lui stupito «Intenderesti vivere ancora per tanto tempo una qui e uno là?»,
«Studieremo una soluzione, magari assumiamo Nando, col suo negozio non fa più niente, ma questi due saloni preferirei tenerli.»,
«Ma perché?», fa lui con una punta di rabbia «È una fissazione la tua!»,
«No,» fa lei sorridendo «Sono andata a fare la ecografia.»
«E allora, tutto bene?»,
«Benissimo, sono due gemelli.».

FINE

OGGI AVREBBE COMPIUTO GLI ANNI

Gl'invitati stan già arrivando,
ma lei dorme, non so fin'a quando!
Quanti siete! Però, fate piano,
vi imploro: non la disturbiamo.

Sbagli! Lei dorme: il mio amore,
e ti prego di non far rumore.
Tu, cammina in punta di piedi,
s'è stancata e riposa, non vedi!

Ma che dici! Sta solo dormendo,
e voi tutti: che state dicendo!
Discorrete, pian piano, in sordina,
«Tu, riposa, mia dolce bambina!».

Ma sei matto, che stai bestemmiando,
ne son certo: sta sol riposando!
Lascia stare ogn'altro pensiero,
te lo giuro, lei dorme davvero.

Finalmente riposa, beata,
lei è stata tanto ammalata!
Ci son altri a volerla vedere:
in silenzio però, per piacere.

Ci voleva un po' di riposo,
ora il viso s'è fatto radioso!
«Sono qui, non temer, non sei sola.»
e un nodo mi prende alla gola.

È possibile? Questo si dice?
O lo dici per farmi felice!
Si potrebbe davvero svegliare!
Che si fa? Tutt'insieme a cantare!

FINE

RINGRAZIAMENTI

Desidero ringraziare gli amici che mi hanno offerto le loro preziose consulenze tecnico-professionali o comunque aiutato mostrandosi, con me, precisi e pazienti. Ecco l'elenco in ordine alfabetico: Aldo Cudia in materia medica, Alessandro Valtulini in materia di musica, Antonio Abbonato in materia di sintassi e di grammatica, Benny Bottinelli in materia legale, Carla Marino in materia medica, Daniela Scarrone in materia di arte, Gabriella Spanò in materia di sintassi e di grammatica, Francoise Angileri nelle traduzioni in francese, Giuliano Gavioli in materia di Africa e Colonie, Igor Merlini in materia musicale, Padre Giuseppe Ponte in materia di religione e Sergio Canova in materia di polizia.
Grazie a chi mi ha coadiuvato nella correzione delle bozze cercando di scovare i più reconditi errori e refusi: Antonio Abbonato, Claudia Giacomini e Sergio Frigerio.
E grazie a tutti coloro, amici e no, che, senza volerlo, mi hanno ispirato: fatti, situazioni e battute per i miei racconti per sorridere, commuoversi e pensare.

DEL MEDESIMO AUTORE:

- **I MILANESI**
- **BELLO COME IL SOLE**
  Dattero d'Oro
  al Salone Umorismo di Bordighera
- **MORIRE DAL SORRIDERE**
- **PIZZANGRILLO POMPEO**
- **MILANO RIDE E CANTA**

- **'UN SORRISO PAGATO A RATE'**
  E ALTRE 21 STORIE - 2021

- **'UN FEDERALE FASCISTA SENZA**
  SENSO DELL'UMORISMO'
  E ALTRE STORIE - 2022

- **'L'INCONTRO'**
  E ALTRE STORIE - 2023

Se vuoi essere tenuto
al corrente quando uscirà
la prossima pubblicazione comunicalo a:
direzione@edizioni-crcompagnieriunite.it
e ti avviseremo a m/ e-mail.